人文九亭

九亭镇精神文明建设委员会 编

中国文联出版社
http://www.clapaet.cn

图书在版编目（CIP）数据

人文九亭 / 九亭镇精神文明建设委员会编. -- 北京：中国文联出版社, 2020.11

ISBN 978-7-5190-4381-0

Ⅰ. ①人... Ⅱ. ①九... Ⅲ. ①民间故事－作品集－松江区 Ⅳ. ①I277.3

中国版本图书馆 CIP 数据核字(2020)第 241078 号

人文九亭
(RENWEN JIUTING)

编　　者：九亭镇精神文明建设委员会	
终 审 人：姚莲瑞	复 审 人：王素珍
责任编辑：周小丽	责任校对：张　雪
封面设计：東方朝阳	责任印制：陈　晨

出版发行：中国文联出版社

地　　址：北京市朝阳区农展馆南里 10 号，100125

电　　话：010-85923036（咨询）85923000（编务）85923020（邮购）

传　　真：010-85923000（总编室）　　010-85923020（发行部）

网　　址：http://www.clapnet.cn　　http://www.claplus.cn

E - mail：clap@clapnet.cn　　zhouxl@clapnet.cn

印　　刷：天津旭丰源印刷有限公司

装　　订：天津旭丰源印刷有限公司

本书如有破损、缺页、装订错误，请与本社联系调换

开　　本：880×1230		1/32	
字　　数：130 千字		印　张：6.25	
版　　次：2020 年 11 月第 1 版		印　次：2023 年 4 月第 2 次印刷	
书　　号：ISBN 978-7-5190-4381-0			
定　　价：52.00 元			

序

习近平总书记指出："中华优秀传统文化是我们最深厚的文化软实力，也是中国特色社会主义植根的文化沃土①。"

九亭区域文化就像是一座尘封的宝库，又像是一块精雕细琢的工艺品。怀着一颗虔诚与热望的心去发掘它、品味它，就会发现蕴含其中的独特魅力和特有价值。

九亭镇党委政府贯彻落实上海建设国际文化大都市和建设"科创、人文、生态"现代化新松江的决策部署，全面实施"人文立镇"发展战略，用历史人文赋予城镇个性和特质，让城镇之形闪耀文化之辉。

为帮助广大新老九亭人以及关注九亭之人了解九亭文化之脉有根、文化之水有源、文化之流

① 摘自 2014 年 10 月 13 日习总书记在十八届中共中央政治局第十八次集体学习时的讲话。

序

有向，我们委托原松江区文化馆副馆长沈玉亮先生编撰了一部《人文九亭》，该书的推出既源于它们有着独到却一致的视角和情怀，也出于系列故事要比单本更具延展性和聚合效应，有利于吸引读者手捧书卷、一探究竟。

《人文九亭》一书，收录4篇中篇传奇小说。这本书有代表性地记述历史长河中发生在九亭镇这块故土上的几组让人们津津乐道的人和事。如今的隐泾江虽已湮没在高楼住宅和高科技园区后面，但其文脉还在随着后代的热血跳动；蒲汇塘一带的古石桥虽除七宝塘桥外已难觅其踪，但代之而起的轻轨、高架已成为新时代的高速通途。书画仿佛眼际，影调萦绕耳旁，作品将几位九亭先贤的身影足迹，作了维妙维肖的推介。

我们将以该书编撰为契机，深入推进人文九亭建设，挖掘文化资源、赓续文化基因，厚实文化底蕴、提升文化品位，塑造文化气派、展现文化魅力，为全力推动"生态、宜居、宜业"现代化新九亭建设迈向高质量发展新阶段，提供源源不断的价值引领力、文化凝聚力、精神推动力。

松江区九亭镇精神文明建设委员会

二〇一九年十二月

前　言

　　九亭地区多传奇。为什么？因为这是一处福地。

　　你看，淀浦河一开通，九亭就开始成立；九亭一成立，就赶上改革开放。多巧！多好！多有福气！

　　现在，这块福地又是上海"海纳百川"的忠实践行地。短短三四十年，两万老九亭人迎来了二十多万新九亭人。想做生意淘金的，来了；想投资创业的，来了；想置房安居的，来了……于是，九亭商街成了十里长街；于是，高科技园区、久富开发区企业群迅速形成；于是，住宅区高楼林立……市级大公园"九科绿洲"一开建，这周边的房价就翻倍；联合的"临港松江科技城"一挂牌，就引来满天下科创界的瞩目。这里俨然成了 G60 科创走廊龙头上的明珠。

为什么大家都会看好九亭？这，就是这块福地的魅力，古往今来概不例外。

古代人早知"良禽择木而栖"，这个意思不局限于择主，也包括择居。所以，吴越王家的子孙来了，在我们的一条清幽小河边生发了许多故事；赵宋皇室的后裔来了，在我们的一个秀美小村留下了许多传说。那一条蒲汇塘更是串起了历朝历代众多的传奇，光沿江十数座石桥上刻着的"徐寿同妻杨氏一力建造"十个字，就让人有讲不完的精彩。

笔者倾情著述的这本《人文九亭》，即试图有代表性地选择历史长河中发生在我们九亭镇这块故土上的几组让人们津津乐道的人和事，构思成篇。虽然其中的人物有的可能不是九亭出生，有的后来已迁离九亭，但他们人生中的主要事件都与这里紧密相连，所以对九亭镇来说还是很有人文意义的。这里所述的四则传奇，其人其事大都有史可查，但也有些只是俚人传说，形成作品时又加入了创作成分，因此，这是演义式的文学作品。即便如此，这一作品还是虔诚地将几位九亭先贤的身影足迹，艺术地推介给了读者。这对

九亭来说，可能有一定的传承价值，也方便所有
对九亭的历史传说故事有兴趣的人们览解。

沈玉亮

2018 年 9 月 28 日

目　录

隐泾传奇

石匠传奇 （又名：石桥魂）

目
录

赵家阁传奇

弄影人传奇

目
录

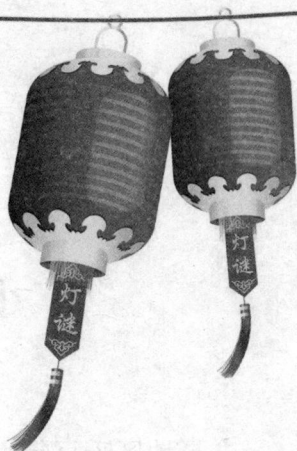

隐泾传奇

1. 小河留名

　　九亭地区千百年来就是水网密布的鱼米之乡，中小河道众多，住宅多临河而建。所以，历史上产生的人物故事，也大都与河道搭上了关系。九亭镇的西北角有一条小河叫隐泾，这条弯弯曲曲的小河，就是因了那朝那代那人那事而得了那名。

　　这事还得从杭州吴越王钱镠说起。

　　钱镠因连连平叛有功，先后被中原王朝（唐朝、后梁、后唐）封为越王、吴王、吴越王、吴越国王。但吴越国地域狭小，三面强敌环绕，光靠自身力量难以长治久安。钱镠只得始终依靠中原王朝，不断遣使进贡以求庇护。他在位四十一年，庙号太祖，谥号武肃王，葬于浙江临安市锦城太庙山钱王陵。钱镠在位期间，采取保境安民的政策，经济繁荣，渔盐桑蚕之利甲于江南；文士荟萃，人才济济，文艺也著称于世。他曾征用民工，修建钱塘江捍海石塘，由是"钱塘富庶盛于东南"。在太湖流域，普造堰闸，以供蓄洪，不畏旱涝，并建立水网圩区的维修制度，由是田塘众多，土地膏腴，有"近泽知田美"之语。他还鼓励扩大垦田，由是"境内无弃田"，岁熟丰稔。两浙百姓都称其为"海龙王"。

松江鱼米之乡，盐运集散，纺织业繁荣，钱镠相当看重。他生前就已在松江地区多处置田造屋，安排一些他认为出息不大的子孙远离朝政，在此安享太平。

钱镠的这一远见卓识，在后来的几次改朝换代中，保护了一大批王族免遭杀戮之灾。尽管如此，有些稍有出头的钱吴越王后裔还是会卷入政事风波。这里要说到一位，他叫钱全衮。

钱全衮自号东吴散人，久居华亭，承家学，通史文，善书法，精医道。钱镠的十条家训中有一条："要度德量力而识事务，如遇真君主，宜速归附。圣人云顺天者存。又云民为贵、社稷次之。免动干戈，即所以爱民。如违吾语，立见消亡；

依我训言，世代可受光荣。"钱全衮依据祖上的这条家训，在元至正年间，受松江达鲁花赤（相当于知县）密里沙推举任从事职。后张士诚据吴，召钱全衮入仕，钱全衮不从。他目睹张士诚部入松江府城时烧杀抢掠，好友夏庭芝的宅第被焚，知止堂被毁，认为张士诚是不仁小人，不愿跟他为官。但钱全衮又怕张士诚加害，便悄然隐居到了我们这里的乡下一条柳绿桃红的小河边。

在小河边筑室而居的钱全衮远离政治，只是著书行医，聚友会文，乐得逍遥自在。后来词曲家夏庭芝也迁了过来，住处就和他只蟠龙塘一江之隔，他在江西，夏在江东。数年之后，钱全衮所筑的芝兰室和夏庭芝所建的疑梦轩一下子提升了这一地区的文化气息，渐成了文人雅士的常聚之处。

钱全衮明初卒，享年80余岁。由于他的隐居，后来人们把这条小河叫作隐泾。钱全衮的子孙也就定居在了隐泾。几代无故事，直到距钱全衮时代百年以后，隐泾钱家又出了个为世人乐道的人物。

2. 少年奇才

有一首流传很广的古诗歌:

明日复明日,明日何其多。

我生待明日,万事成蹉跎。

世人苦被明日累,春去秋来老将至。

朝看水东流,暮看日西坠。

百年明日能几何?请君听我明日歌。

这首诗歌名曰《明日歌》,作者是钱福。

明朝天顺年间,隐泾钱家生了个天资聪敏的男孩。这孩子才思过人,读书过目不忘,八岁即能赋诗作文。他,就是后来写下了这首脍炙人口的《明日歌》的钱福。

秋季的一天,十一岁的童子钱福从私塾读完书回家,路上遇见一位客人正从卖花人担上买了几支菊花,这位客人就是疑梦轩夏家的夏崇仁。

钱夏两家因世代友谊，夏崇仁和钱中（钱福之父）也常有走动，所以，夏崇仁与这孩子认识，知道他年纪虽小文才已备，见过礼后便出一上联："赏菊客归，众手折残彭泽景。"

钱福应声答道："卖花人过，一肩挑尽洛阳春。"

夏崇仁听罢大为惊奇，心想，如此少年奇才，将来长大成人后肯定是大有作为。又见他虽年少但已现翩翩风度，便瞬间在脑海里产生了一个想法："可能的话，我要让他将来成为我夏家的东床爱婿。"

夏崇仁有个女儿，生得乖巧伶俐，五岁能刺绣，七岁会琴棋。这女孩取名琼诗，比钱福小三岁。尽管都有点大了，但两个孩子还未曾相遇过。从此以后，夏崇仁到钱家去得勤了，并变着法儿邀请钱中带公子到疑梦轩相聚。如此，钱福和夏琼诗就有了见面的机会。但是，那个时代讲究规避"男女授受不亲"之嫌，孩子在逐渐长大，一般不可以单独相处。所以这两个少年也只是在长辈面前见个面而已，互相间印象不深。

直到钱福十七岁那年，这位聪颖过人的少年考入府学，成了秀才、生员，这对少男少女才开始有了真正的接触。

明朝的科举制度大致上沿袭了唐宋建制，平民百姓要想走科考之路，第一步就是要考入县学、府学等成为秀才，也就是生员，才能参加乡试，赶考举人。然后再有资格参加会试、殿试，向进士、状元冲击。因此，考中秀才也就是在攀登政坛时踏上了第一个台阶，对莘莘学子来说，当属可喜可贺。

钱福十七岁就能中秀才，那也算得上是一桩喜事。夏家离钱家较近，第一时间就知道了喜讯，于是，夏崇仁立即带着全家人登门道贺。这时候的夏琼诗刚步入女大十八变的年龄，一个楚楚动人的少女形象正在显现。钱福此时正当功名初胜，更漾溢出少年英俊。因此这两个人一见面就双双惊艳了，好像突然发现似的，都对对方产生了浓厚的好感。当然，那只是少男少女情窦初开的一种自然反应，还没达到成熟男女一见钟情的地步。

夏崇仁看在眼里喜在心里，不禁微微一笑，

便开言道："琼诗你看，钱福哥哥多么有才，你要好好向哥哥学学呀。"

琼诗点头："父亲说的是。"

钱福忙说："伯父过奖了，我与琼诗妹妹互相切磋才是。"

夏崇仁笑道："贤侄不必过谦。今日你们小兄妹相聚，贤侄不妨指点一二。"

这时也在一旁的钱中笑道："福儿，既然你伯父抬举，今后就多跟琼诗妹妹相互习学交流。"

这事明摆着，双方家长已是心照不宣，都在鼓励他俩多多接触了。于是，这两个少年从此开始无所顾忌地单独相处起来。

3. 情深志高

钱福二十岁那年生了一场重病，为此还误了乡试考期。此间，十七岁的夏琼诗三天两头过来探望，使钱福心情好了许多。钱福病愈后，便更加依恋这位琼诗妹妹，一回家就往河东夏家跑，两人日渐情深。见已水到渠成，钱中就正式向夏家提亲，夏崇仁当然乐呵呵答应。于是，两家就商量着择日完婚。谁知，钱福却摇手不从，这使双方父母感到非常意外。

钱中问道："福儿，你这是为何？"

"我不能身为白丁而娶琼诗。先取功名后成家，我一定要乡试中举，而后成婚，才不枉琼诗妹妹对我的一片真情。此志不移，万望父亲、伯父见谅。"

琼诗知道后则大加赞赏："福哥哥有此大志，实属小妹之幸。"

也真是好事多磨，等到三年以后的乡试之期，夏琼诗却也生出了一场大病。钱、夏两家长辈都以为钱福是看重功名的，不会为一个未过门的妻子生病而影响应试。谁知这钱福偏是个儿女情长的多情种。他说："这乡试过了这次还有下次，琼诗妹妹如此病重，我怎能忍心弃之不顾。我要陪她直至康复。"于是，他一心扑在了到松江请名医和日常照顾上。

就这样，钱福又错过了一期乡试。所幸的是，夏琼诗的病通过名医治疗和两家人的精心照料，终于好起来了，不消半年，这个秀丽的小姐又恢复了往日那灵动的青春。

这个时候，青年钱福却喜欢上了饮酒。一次，钱福应邀在徐家私塾教一程课，徐家设宴于园亭之中，边赏牡丹边喝酒。钱福开怀痛饮至微醉，门客之中有持玳瑁扇者，钱福取过题书：

玳瑁筵前玳瑁扇，牡丹花下牡丹诗。

老梅已在丈人行，曾占春风第一枝。

由此可见，"占春风第一枝"是钱福的奋进目标。

时光如白驹过隙，又一个三年过去，钱福终于得以赴南京参加这一年的乡试了。

要说参加乡试，可是一件非常不容易的事情。这里先说一下明代乡试的情况。

明代乡试是由南、北直隶和各布政使司举行的地方考试，地点在南北京府、布政使司驻地。乡试由天子钦命的主考官主持，朝廷选派翰林、内阁学士赴各省充任正副主考官。凡属本省生员、贡生、监生（包括未仕者和官员未入流者）经科试合格，均准应试，原则上包括州府县学中经过科考名列第一、二等级的生员以及三等的前三名，不过实际上凡经过科考，录科、录遗合格的考生均可以应试。但有过失而罢黜的官吏、街头艺人、妓院之人、父母丧事未满三年的，均不准应试。因为乡试多在八月举行，故又称为"秋试""秋闱"。主持考试的正副主考官下去后，由当地的政府官员组成临时机构配合主持活动。初六日考官们入闱，先举行入帘上马宴，凡内外帘官都要赴宴。宴毕，内帘官进入后堂内帘之处所，监试官封门，内外帘官不相往来，内帘官除批阅试卷外不能与闻他事。考试共分三场，每场考三日，三场都需要提前一天进入考场，即初八、十一日、十四日进场，考试后一日出场。考棚又叫"号房"，是一间一间的，作为专供考生在贡院内答卷和吃饭、住宿的考场兼宿舍，考生每人一个单间。贡院里的监考很严，考生进入贡院时，要经过严格的搜身，以防身上藏有夹带。考生进入考棚后，就要锁门。考生们参加考试期间，吃喝拉撒睡皆在号房内，不许出来，直到考试结束。号房内十分狭窄，只有上下两块木板，上面的木板当作写答卷的桌子，下面的当椅子，晚上睡觉将两块板一拼当床。考棚里还为考生准备了一盆炭火、一枝蜡烛。炭火既可以用来取暖，也可以用来做饭。考生考试期间与外界隔绝，吃饭问题得自己解决。监考官只管监视考试作弊，至于考生在号房里的其他动作，则一概不问。考试内容主要是"四书五经"、策问、八股文等。例定：八月初九为第一场，试以《论语》一文、《中庸》一文或《大学》一文、《孟子》一文，五言八韵诗一首，经义四首，初场的3道四书题每道都要写200字以上，4道经义题则需要写300字以上。十二日为第二场，试以五经一道，并试诏、判、表、诰一道，议论文要求300字以上。十五日为第三场，试以5道时务策，即结合经学理论对当时的时事政务发表议论或者见解。从考试的内容上可以看出，儒家经学是科举考试的主要内容。乡试考中的举人俗称孝廉，第一名称解元。

就是这样难度很高的考试，钱福居然就轻易闯过来了，他廿六岁得中举人。

4. 会试风云

从这一时期开始，钱福步入了他一生中最为顺风顺水的阶段，可说是"春风得意马蹄疾"。中举回来，蟠龙塘两岸爆竹声声，钱福和夏琼诗的婚礼隆重举行。不出一年，隐泾河畔的绫锦墩一阵婴啼，他俩的儿子呱呱落地了。第二年应该是为试之期，但钱福认为不能仓促上阵，还是在家好好地过一段温馨生活，一面与爱妻倍加温存，一面养精蓄锐准备三年后放手一搏。这期间钱福和夏琼诗可真是百般恩爱。

正是春暖花开之日，隐泾河两岸风光旖旎，蜂蝶翩舞。钱福时常携妻抱子登上小石桥，一览田野春色。到了端午那天，丈母娘送来了一篮杨梅，味道煞是甜美。钱福即时咏《杨梅》诗一首：

怪底吴人不出乡，杨梅五月荐新尝。

西州一斗葡萄酒，南越千头荔子浆。

略著些酸醒酒困，了无点渣浣诗肠。

渠家妃子如相见，添得红尘一倍忙。

转眼又到了会试之期，钱福意气风发，信心满满地赶赴京都，向"暮登天子堂"发起冲击。

会试是中国古代科举制度中的中央考试。应考者为各省的举人。所谓会试者，即共会一处比试科艺之意。明代在北京内城东南方的贡院举行，每三年举行一次。乡试次年，即丑、辰、未、戌年春季，各省的举人及国子监监生皆可应考，以往各届会试中未中的举人也可一同应试。因为这考试在春天，所以又称"春试"或"春闱"。会试的主考官为2人，称总裁，由礼部主持，皇帝任命正、副总裁，以进士出身的大学士、尚书以下副都御史以上的官员担任。考试内容重经义，轻诗赋。另有同考官十数人，都由翰林充当。考试时的弥封、誊录、校对、阅卷、填榜等手续和考场管理制度，均与乡试一样。参加会试的举子应先行复试，道远不及者，得于会试后另行复试。会试分三场举行，三日一场，第一场在初九日，第二场在十二日，第三场在十五日，亦先一日入场，后一日出场。三场所试项目，四书文、五言八韵诗、五经文以及策问，与乡试同。会试取中者称"贡士"，又称为"中式进士"，第一名称"会元"。录取名额不定，一般约三百名，分南、北、中三地域按比例录取。各省被录取的名额，以应试人数及省的大小、人口多寡而酌定。会试揭榜后，中试者于下月应殿试。考中者由皇帝亲自御殿复试、择优取为进士。殿试试期一天，依成绩分甲，赐及第、出身、同出身，然后释褐授官。

所以，考进士不容易，许多才高学广之士，也许在一个环节上出了差错，就将不得不面对折戟沉沙。

那年是弘治三年（1490），职升左春坊左庶子兼任侍讲学士的李东阳充当殿试读卷官。李东阳早已赏识钱福，怕他临阵有失，存心帮他一把，其实也是有点"开后门"的意思了。

会试前几日，李东阳给钱福一题，对他说："有个题目你给做一下。"

钱福接题，须臾即成，李东阳大加称赞。

等到科考时，第二场的主要题目就是李东阳此前命钱福做过的。会试之后，李东阳对他说："贤契才高，然而文章事先做过，考时自然就不用费力了。"

钱福答道："呵呀老师，我入考场后，原做过的文章都已忘记了。"

李东阳听了双眉一皱，便急忙回场，翻出他的卷子看。结果，钱福的试文确实是重新构思的，而且比之前写的还要好。李东阳不禁暗暗称赞。

会试结束，经各同考官阅卷置评和两位主考官的点评，近三百位举子通过会试得中贡士，获得了进入复试冲击殿试的资格。正因为钱福才华出众文章锦绣，他被定为会试第一名——会元。

5. 惜未三元

这是问鼎之战，钱福对殿试做了充分的准备，似乎势在必得。

殿试，又称"御试""廷试""廷对"。殿试由内预拟，然后呈请皇帝选定。会试中选者始得参与。目的是对会试合格区别等第。试前须复试，明代在紫禁城内的保和殿应试。复试毕，再应殿试，也在保和殿。殿试只考策问，应试者自黎明入，历经点名、散卷、赞拜、行礼等礼节，然后颁发策题。制策题目，策文不限长短，一般在2000字左右，起收及中间的书写均有一定格式及字数限制，特别强调书写，必须用正体，即所谓"院体""馆阁体"，字要方正、光圆、乌黑、体大。从某种角度来看，书法往往比文章还重要。殿试只一天，日暮交卷，经受卷、掌卷、弥封等官收存。至阅卷日，分交读卷官 8 人，每人一桌，轮流传阅，阅后各加"〇""△""丶""｜""×"五种记号，得"〇"最多者为佳卷，而后就在所有卷中，选"〇"最多的十本进呈皇帝钦定御批。殿试结果填榜后，皇帝于太和殿举行传胪大典，宣布殿试结果。得中者统称为进士。进士共分为三甲，一甲三人，称状元、榜眼和探花，合称"三鼎甲"，赐进士及第；二甲若干名，占录取者的三分之一，赐进士出身；三甲若干名，占录取者的三分之二，赐同进士出身。二、三甲第一名皆称传胪。最后由填榜官填写发榜。一甲三人立即授职，状元授翰林院修撰，榜眼、探花授翰林院编修。二、三甲进士如欲授职入官，还要在保和殿再经朝考，综合前后考试成绩，择优入翰林院为庶吉士，即俗称的"点翰林"，其余分发各部任主事、中书、行人、评事、博士、推官等，或赴外地任知州、知县等职。

钱福凭才得中会元后参加殿试，他当廷对策三千余言，词理精当，不用草稿。这是钱福的习惯，为文从不打草稿。可弥封官因其卷中没有草稿欲为难他，幸得众考官为他争辩："考试属草，是为防有人代作。今殿试，众目所视，有何嫌疑？"时文渊阁大学士刘健阅钱福卷后，赞不绝口，请孝宗擢钱福第一，孝宗同意，遂被钦点为第一名及第状元。随即根据惯例，钱福被授翰林院修撰，时年 30 岁。

李东阳后来在私下里对人说道："钱福可惜没中解元。"人们当时还不解其意。后来大家才明白，因钱福当年乡试时虽然考中了举人，但不是第一名解元，否则他加上会试中会元、殿试中状元，就是完美的"连中三元"了。李东阳是为钱福未能连中三元而惋惜。

但是钱福自己已经是非常满足了。"一举登科日，双亲未老时。"发榜得报中状元以后，他激动地写下了《及第》一首：

十载寒窗味六经，一朝金榜占魁名。

龙墀大对三千字，鹏海高抟九万程。

银带赐从天府出，玉骢骑向御街行。

英雄三百随我后，好把忠良答圣明。

6. 君山吟难

钱福中状元以后，一时才名大振，有人甚至称他集"太白（李白）之仙才，长吉（李贺）之鬼才"于一身。传扬开去，也有一些人不服，欲找机会当场试他一试。

一次，钱福趁归乡省亲之隙，偕友远赴他心仪已久的君山一游。

这君山在岳阳市西南15公里的洞庭湖中，古称洞庭山、湘山、有缘山，其实是八百里洞庭湖中的一个小岛。此岛正好与千古名楼岳阳楼遥遥相对。传说："洞庭山浮于水上，其下有金堂数百间，玉女居之，四时闻金石丝竹之声，彻于山顶。"后因舜帝的两个妃子娥皇、女英葬于此，屈原在《九歌》中称之为湘君和湘夫人，故后人将此山改名为君山。君山名胜古迹众多，文化底蕴深厚，相传君山岛有4台5井、36亭、48庙。历代文人墨客围绕君山的"奇""小""巧""幽""古"，或著文赋诗，或题书刻石。有在中国发现的历史上最早的摩崖石刻、"星云图"、新石器遗址，有惊天地泣鬼神的爱情见证——斑竹、二妃墓、柳毅井，有秦始皇的封山印、汉武帝的射蛟台、宋代农民起义的飞来钟、杨幺寨等。每一个古迹都是一段厚重的历史，每一个故事都是一段悠远的记忆。浩气连远古，衷肠诉神州。特别是自唐代以来，李白、杜甫、黄庭坚、辛弃疾等墨客骚人都曾登临君山揽胜抒怀，留下了无数千古绝唱。李白："淡扫明湖开玉镜，丹青画出是君山。"刘禹锡："遥望洞庭山水翠，白银盘里一青螺。"此类佳句频出，更使君山名声大噪。岛上古木参天，茂林修竹，仅名竹就有20多种，神奇而多情的斑竹就生长在二妃墓的周围。因此，这里成了钱福特别向往之处。

时君山当地的文人雅士得知钱状元要来，纷纷为之议论，欲找机会会他一会。这里的县官也雅好笔墨，便出面聚众迎请钱状元游君山。他们商议着预先选出齐韵中的"堤、脐、低、梯"等生僻字，待酒席之上再请其做诗，以此试难钱福。

那日接风酒煞是隆重。待酒过三巡之后，县官让墨客们写出了预拟的那几个冷僻字，请钱状元以大观亭为题做诗，钱福接过一看，旋即微微一笑，说声"遵命"，遂挥笔依韵而作：

水势兼天山作堤，诸云烟树望中齐。

直从巴峡才归壑，许大乾坤此结脐。

胸次决开三极朗，目光摇荡四垂低，

欲骑日月穷天外，谁借先生万丈梯。

书罢，一时举座皆赞赏不已。

钱福在任职翰林院修撰期间，更致力于诗文，雄视当世。他才高气奇，数千言立就，词锋所向，无人可与之抗衡。

7. 隐泾之殇

钱福作了京官以后，对官场的业余娱乐生活也渐渐地熟悉起来。他观看了一场女子踢球，便写下一首《蹴鞠》诗：

蹴鞠当场二月天，仙风吹下两婵娟。

汗沾粉面花含露，尘扑娥眉柳带烟。

翠袖低垂笼玉笋，红裙斜曳露金莲。

几回蹴罢娇无力，恨杀长安美少年。

但他对官场靡腐很不适应，时有微词。钱福性本坦率，且喜饮酒，而每饮至醉，醉后往往言语伤人，因而不为同列所喜，屡招谤议。弘治六年（1493），钱福担任会试同考官，又跟上司和同事产生了矛盾，遂喝酒作《游山》一首：

一望江山万里新，遨游无地不香尘。

但知遣兴追陪酒，不计韶华几十春。

深矣朝堂难着我，悠然天地可容身。

狂蜂乱蝶相依舞，也识琼林顶上人。

不几天，即托病告归。

回乡后，钱福在离隐泾五里地处的诸巷边，找到了一处置宅之地。这地方就近有一很大的河湾，叫作鹤滩，柳荫鹤影，景色宜人。他便倾资购田造屋，建起了别业新宅，取名"聚奎里"。他高兴地对夏琼诗说："等聚奎里工成，我们新老宅轮住。从此我取号'鹤滩'，你就是'鹤滩夫人'。"

真是人有旦夕祸福，钱福也不全是钱和福，这时确有不幸降临了。正当聚奎里工程完工，兴味盎然的钱鹤滩准备喜迁新居之时，他那位相濡以沫的爱妻夏琼诗竟突发暴病，不治而亡。

隐泾河在呜咽，缕锦墩在哭泣。钱福遭此沉重的情感打击，简直如临绝境。他数度登上小石桥，欲投河自尽。只是孩子的哭声牵动着他的心，他被亲人数度劝回，没有轻生。

不过，钱福这丧妻之痛却是超乎常人的刻骨铭心，经此情殇，心情大变。经过很长一段时间的调养，虽然从表面上看，他算是缓过来了，但从此更是嗜酒成性，若醉则喜怒无常，未醉也放荡不羁。因此，他也不再出仕。

8. 面壁啸歌

在松江九峰的第七峰横云山（即今横山）之东，原来有一座很小的小山，乡人叫它为小横山（惜此山后被采石成湖）。这座小横山由山顶向东北方向的一面山壁状如刀削，上有一深缝，像是神话传说中的试剑石。这面石壁尽是赭色，在霞晖照射下红光辉映，十分壮观，游人称它为"小赤壁"。

一日，钱福与同县才俊顾清、沈悦等一起游横山，面对小赤壁神奇美景，情之所至，三人不禁引吭高歌。

钱福的《小赤壁歌》唱道：

五茸西来横九峰，一山崒嵂峰之中。

上有石鼓大如斗，叩之应响声咚咚。

下有赤壁山，削立如崆峒。

徘徊登览意未已，千态万状模其容。

初疑伏羲定八卦，河洛之象留其踪；

又疑神农尝百草，吐出一点青芙蓉；

更疑大禹疏凿施神功，波涛汹涌鲸鲵雄。

怒驱六丁拔出天地骨，一柱镇压吴江东。

苍苔何茸茸？石涧何溶溶？

黄猿夜啸岭头月，白鹤昼唳岩前风。

自想老夫狂游四海五湖二十载，

谁知此山之趣真无穷。

此山之趣真无穷，何日结庐依古松。

一曲歌罢，众皆喝彩。其中的"六丁拔出天地骨，一柱镇压吴江东"，实属气势非凡的奇句，一时成为人们美谈。后来松江文坛把钱福和顾清、沈悦称之为"华亭三杰"。

正是因了钱福的这首《小赤壁歌》，百年后的明代大书画家董其昌循古人足迹登横山，赏小赤壁，观之生慨曰："苏东坡笔下的赤壁高仅数仞，而吾郡赤壁高近二十仞，比湖北黄州赤壁高出三四倍，反而呼为小赤壁，山灵负屈，莫为解嘲。昔时名人鲁莽如是！不知何事辱之为小?"须臾便吟道：

吾松山有九，俱以海为沼。

东海既以大，赤壁何当小？

风穴秘精灵，云门削鬼巧。

口鼻斗嶙峋，鳞甲成天矫。

而我游齐安，何繇凌窈窕。

时平兵气销，霜落江声悄。

回思平原鹤，谁是枌榆鸟。

恰似黄池会，吴楚争可了。

将无山岳灵，端受里俗㒟。

归语东阳生，携筇事幽讨。

石言曾莫逆，壁观共枯槁。

田成琳球赋，屋用辛夷橑。

太守握红云，冠彼山谷好。

灵踪俨如旧，疣赘忽以澡。

嘉名公等赐，一壑从余保。

手写浪淘沙，峨眉雪可扫。

敢应北山招，终事东坡考。

9. 凄美维扬

钱福思念已故夫人夏琼诗："曾经沧海难为水，除却巫山不是云。"他，再也没有续弦。看着他在不完整的家庭中日渐沉沦，家人和亲友都为他着急。当时也有过多名好心人为他作伐，所荐之女，有的是小家碧玉，有的是大家闺秀，而他都一一谢绝了。

一天，有个亲戚对钱福说："我这次有事去了趟扬州，偶然见到扬州有一位姓张的歌妓美丽非常，像极了你状元夫人夏琼诗。"钱福闻之躁动异常，忙颠颠整理行装往扬州进发。

钱福风雨兼程到了扬州，顾不得领略这古维扬的独特风情，赶紧四处打听张姓歌妓。可是，那些人不是"不知道"，就是"说不清"。一连三日无果，钱福懊丧极了。

那夜在安寓客栈，有一位住客说，他知道张姓歌妓的情况。钱福闻之犹如绝处逢生，兴奋地紧盯住那人追根寻源。这才知道，这位美丽佳人已从良嫁给了一个盐商。于是，他又盯着那人打听那个盐商的下落。几经周折，终于获知这位盐商最近偕新夫人去远方赴宴拜客，要好长时间才回来。

钱福弄清楚了这位盐商的姓名和住家地址，就住到他家附近，天天去候他们归来。盐商姓吴，住在维扬古街旁一个偌大的宅院里。钱福每天去这处宅院附近的茶坊，捧一壶茶坐上一整天。一连候了半月余，终于在一个早上听说，昨日黄昏，吴老板回来了。钱福得讯，立即登门，提名告进。

那位吴盐商闻报状元钱福来访，甚感意外。但他十分看重钱福的才名，便热情相迎，并命厨下立刻烹饪，设宴款待。

"啊呀呀，在下不知状元公驾到，有失远迎。"

"哪里哪里。我钱鹤滩久闻吴盐主是维扬义贾，才下扬州，便唐突登门造访，望勿见责。"

"唉，钱状元才高八斗，能得大驾光临，寒舍蓬荜生辉，不胜荣幸哪！"

"哈哈哈哈！"

于是，入席饮宴。几杯下肚，钱福借着酒意说道："咦，怎么不见嫂夫人露面？"

这吴盐商也不猜忌，即将新夫人唤了出来。新夫人落落大方，一声"拜见状元公"，惊得钱福不禁两眼发直，嘴巴张大合不拢。好一位维扬美女子！只见她身穿白衣白裙，恰似皎洁明月，其举止长相，活脱脱一个夏琼诗。

"啊，琼……嫂夫人免礼。"

那位吴盐商却根本不知道其中蹊跷，笑着说道："今日状元公难得到此，可否给贱内一赐墨宝？"

钱福稍一沉吟，便点头答应。"噢，如此，要嫂夫人一方鲛绡。"

那位美夫人答应一声，随即摸出一块绫帕，请钱状元题诗。钱福接过，挥毫写道：

淡罗衫子淡罗裙，淡扫娥眉淡点唇。

可惜一身都是淡，如何嫁了卖盐人？

钱福题罢，踉跄而去。这首诗后来成了明代名人名作，广为流传。

10. 朋寿刻石

钱福的儿子钱聪渐渐长大成人，一眨眼已将近弱冠之龄。尽管钱福早已是辞官还乡的下野之人，但毕竟状元出身，才名犹在，便为儿子攀得了一家很好的姻亲。

这是浦东鹤坡里的谈家。亲家谈田，字舜卿，号东石，是谈伦40岁时从胞弟处过继来的嗣子。谈田以文学闻名，曾与权阉刘瑾有所交往，尽管刘瑾待其甚厚并许以美官，而谈田见其所为多不法，三日后即返乡，和父亲、弟弟谈寿（字舜年，号西石）一起在宅畔建园娱亲，父子常在园中邀宾朋赋诗饮酒为乐。

要说这谈家，那得从谈田的父亲谈伦说起。

谈伦，明天顺元年（1457）中进士，官至工部右侍郎。始为吏部尚书王翱所推重，初任南京府副职，其间曾检举安徽凤阳县丞隐匿灾情不报，自开赈救济，深得民心。后调任京都正职，成功阻止士兵骚扰，确保朝野平安。遂累迁工部，掌管薪政。其理财有方，上下赞誉曰"国足民不亏"。为人清正，因独自送别被排挤的同僚而得罪佞臣李孜省。后亏宫女巧递情报，于茶杯中置两颗红枣、一枚茴香，谈伦即明其"早早回乡"之意，遂告老返乡。

谈伦在辞官回乡时，私下里从内府带回了宣德宫笺的制作秘法，传于子孙。后至谈仲和，经几代人不断研制，终于创制出了独特的书纸新品。谈仲和官至游击将军，后也弃官回乡，专营制笺业，闻名沪上。这种古纸后名"谈笺"。这纸的制作工艺能把花纹印入纸中，是我国最早的水印花纹。造法不同一般，不用粉造，以坚白荆川连纸褙厚砑光，用蜡打各色花鸟，坚滑可类宋纸，古雅可爱。谈笺的品种很多，有银光、罗纹、朱砂、石青等，最好的要数玉版、玉兰、镜面、宫笺等几种。董其昌曾称此纸:"润而绵密,下笔莹而滑,能如人意之所至。"因密不宣,终至失传。后来纸店中出售的谈笺大多来自松江,所谓"松江谈(潭)笺",均是伪托。当然,这些都是后话。

再说谈氏父子先后返乡后,便在宅旁辟凿园林以娱亲老。这处私家园林可说是造得很是精巧,亭台楼轩曲径回廊,飞檐斗角画栋雕梁,方池叠石泉漪莲动,几多花木芳香四季,名曰"朋寿园"。因这朋寿园格调高雅,常有墨客会文吟诗,一时文风益盛,钱福也时作座上宾。

谈伦于弘治十七年(1504)甲子正月十八日于家中无疾而终,享年七十五岁。作为亲家的钱福前往吊唁,为合家悲声所感,当场作挽歌一章,寄哀思话往事。诗迹后镌于石上,以致铭记,此石名"朋寿峰石"。石本奇,又刻诗,遂成江南名石。钱福之诗文,在朋寿峰石上由左往右竖刻,一反古碑文由右往左竖刻之规制。诗文共 13 行,每行 20 多字不等。其诗文曰:

英皇御宇罗俊英,特遇奇牧俱驰声。

教贻丰艺到宪庙,丝纶则李王铨衡。

王公笑比黄河清，我公独尔事与成。

继之者崔延到尹，一脉相业襄承平。

奔走道德公独宜，两尹京兆冗务知。

举端寻绪如理丝，至今立则垂所司。

司空再陟惬群望，财赋手握内帑仰。

顿教国足民不亏，当仁自有均衡想。

天不佑贤无全人，侧目雕鹗立紫宸。

逐党拔本肆所怀，遂令王佐闲海滨。

范蠡谢国身觉轻，故智未忘乌得情。

养鱼种树广栽秌，醉倒华堂祝太平。

教儿睦族需余施，直欲一方无所事。

心事未究敢怨天，付与儿郎有余地。

儿郎鸿渐征九重，亟拾芳躅忧忡忡。

承颜养志人不同，忽尔辞去天无功。

天岂无功地有力，不到栽者不培植。

儿郎袭芘当继芳，天意方浓人不及。

吾侪依仰曷所从，质典问故羞匆匆。

而今叩门朋寿峰，峰泠花发惨无容。

我半公年亦已矣，公今化去还从龙。

最后两行为钱福序，序文云："少司空谈先生七十余，无疾坐化，厥子田哀之甚。予以吾子妇姻过问，朝夕听哭奠声不自安，即其女所旧述及少年所得诸先辈者，作哀歌一章。同郡钱福书。"（此石现已移立于上海市莘庄的闵行区群众艺术馆园中）

11. 以德报怨

那个时候，尽管钱福只是个赋闲之人，又是性情不谐，但他的声名还在，才气还在。因此，近朋远友交往不断，四方求诗求书者极众。钱福又最喜杯中物，常于宴席上一面应酬宾客，谈笑风生；一面展纸挥毫，使众得所请欣喜而去。警世之作《明日歌》正是钱福这个时期的代表作。

时松江在任的知府叫刘琬，这位刘知府为官还算清正，曾为受恶势力欺凌的平民百姓伸张正义，得到了城乡百姓的普遍好评。这位刘知府又喜欢附庸风雅，有事没事要往文人圈里挤。但他诗文平平，书艺也不出众，所以得不到一些知名文人的特别尊重。

一日，刘琬特地从松江赶到聚奎里，打算与钱福会会诗文。那天钱福却不在聚奎里，下人说他到隐泾老家去了。于是，这位刘知府转头就去了隐泾。

隐泾的芝兰室，是老祖宗钱全衮传下来的文会场所。屋虽因年久而砖蚀柱烂，但屋中的书香气息还在；柜架桌椅虽已多有破损，但内里藏书则保存完好。刘琬轿子到时，钱福正好与几位朋友在那里高谈阔论。对于知府的到来，钱福虽然也是出门相迎了，也令家人安排轿夫喝茶了，但对刘琬本人也只是请坐奉茶而已。更可气的是，一会儿钱福竟把他这知府大人晾着，又与那几个文友高谈阔论起来。刘琬略坐片刻，只得悻悻然告辞。

刘琬此行遭钱福冷落，以致怀恨于心。他回衙后曾当众表示："钱福如此无礼，以后我一定要给他点颜色看看。"

此话不久传到钱福耳中，钱福闻之耸肩一笑："他呀，也只是说说而已。"

隔了一段时期，受刘知府惩处过的那股恶势力走通了上层路子，反诬刘琬贪赃枉法，布政使已派人到吴门，要拿刘琬革职查办。钱福闻讯后，忿然而起，"黑白岂容如此颠倒！"便动身急至吴门（今苏州）为刘琬辩白，遂使刘琬案得以缓解。

这对刘琬的仕途来说，是一件非同小可的大事。这个钱福竟能不计前嫌挺身而出，让其化险为夷，刘琬深为感激。后刘琬托人与钱福相约，欲求与之一聚。可钱福总是以诸事搪塞，终未如约。

钱福因爱妻早亡而悲痛，因酗酒多醉而神伤，致使身心大垮。明孝宗弘治十七年（1504），钱福因病去世，终年仅四十四岁。

知府刘琬闻此噩耗，悲痛非常，立即赶往哭祭。他一面出资为钱福造墓，一面请沈悦为钱福写行状、请顾清为钱福写传记。

钱福著有《鹤滩集》（6卷附《鹤滩遗文》1卷）、《尚书丛说》等。辑有《唐宋名贤历代确论》（10 卷）传世。

　　人世沧桑，数百年过去，隐泾河虽还有踪可寻，绫锦墩则已难定其址，芝兰室只留下了一个个传说片断，那处聚奎里也影迹全无了。诸巷湮没，留下诸家坟；鹤滩涂变，渐成鹤颈湾（都在今地铁 9 号线九亭站南）。

　　述此故事，不胜唏嘘。

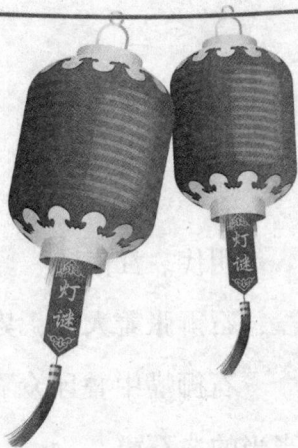

石匠传奇

又名：石桥魂

（电影文学剧本，原载于《云间》文艺第 20 期）

1.

明代。江南。

石狮张着大嘴，势欲吞吃一切。

石狮嘴中叠印众石匠凿石的身影，响起叮叮当当的凿石声。

榔头在挥舞，錾子在跳动，锥下迸出点点火星。一块巨大的石板上赫然凿出三个字："功德碑"。

哐当一声，一双大手将榔头、錾子掷于地下。五大三粗的青年石匠阿楞愤然起身就走。

"阿楞！"眉清目秀的青年石匠阿乖呼叫着追了上来。

2.

田野。

传来一阵吆喝声："走，走走！"

两个公差扭着一位正在锄草的中年农夫。农

夫衣不蔽体，可怜巴巴地央求着："二位行行好，别抓我！别抓我！这造桥捐，我家已交过八次了，这第九次再要交，实在是交不出了。我生病刚刚好起来，家里还上有老下有小，这三亩救命田又少不了我……"

3.

扑通一声，矮壮的农夫游过江一丝不挂地跳入河中。他一手牵着条大水牛，一手扶着犁耙扎成的"农具排"，排上放着饭篮、衣服，哗哗向对岸游去。游到河心，他忽然兴奋地向远处呼叫起来："喂，兜三里！"

远处应声："哎！"

绿柳掩映的河堤上，身材瘦长的商贩兜三里推着满载日用杂货的独轮车快步赶来。

4.

传来一阵嘈杂声。河畔，那里有一只渡船停靠在岸边，人们争吵着欲上船渡河。

破烂的渡口棚，上面写着四个歪歪扭扭的字："朱真渡口"。

两个渡工凶凶地拦住过渡的人收钱，人们纷纷气愤地责问："怎么要收这么多?""见鬼，三天一涨!"

"摆个渡要付出半天工钱?""好像强盗收买路钱!"

"放肆!"随着一声断喝，只见渡口高处立着一个跛足阔少爷，"哪个想坏渡口规矩，跟我到朱二太爷那里去一趟!"

人们被镇住了。有人小声嘀咕："跷脚虎来了。"

"惹不起，走走。"大家有的付钱上船，有的转身就走。

5.

兜三里坐在车把上擦着汗："游过江老弟，你种这对江的三亩地可真不容易，每天游过来，游过去。"

游过江赤条条地坐在河里牛背上："嘿，有什么法子，你兜三里老哥不是也要每天兜许多冤枉路么？"

兜三里："快上来把裤子穿上，当心着凉。"

游过江："没事，一年四季，惯了。"

岸上出现一位肩背行装的俊俏女子。游过江"哎呀"一声，慌忙从牛背上滚入江中。

那女子叫杨英姐。她根本没有注意到河中的游过江，径直走到兜三里面前问路："请问这位叔叔，附近有没有渡口？"

兜三里用手一指："喏，前面就是朱真渡口。不过，你要过渡，当心那里的跷脚虎。"

英姐："什么？跷脚虎？"

兜三里："嗯，渡口有只跷脚虎。平常人过

石匠传奇

渡，留下半个包裹；年轻女子过渡，更会招灾惹祸。”

英姐：“啊，那我该怎么办？”

游过江一时忘了自己的情形，爬上牛背热心插嘴："你就跟着这大哥，兜到九里亭……"

英姐回头一看，"啊"的一声惊叫。

河中、岸上，两人相顾大笑。

6.

闪电、霹雳，大雨倾盆。

小沟大渠，浊流滚滚，风摧嫩芦，传来一两声野鸟的哀鸣。河中水位在上涨，一座孤零零的旧竹桥处在风雨飘摇中。

雨幕中蠕动着两个人影，由小到大。来的是一个满脸胡子的中年人和一个纤弱的少女。两人浑身泥水。

一阵猛烈的风雨，少女跌倒在泥泞中，中年人把她拉了起来。

风雨，风雨……

竹桥在风雨中痉挛，轧轧作响。雷声隆隆。少女惊恐地瞪着竹桥："爹爹，我怕……"

中年人爱怜地搂住女儿："苦女！"他伸手擦去她脸上的雨水，"别怕，爹爹搀你过桥。"

父女相搀，蹒跚上桥。

风雨，野鸟凄厉的哀鸣声。

父女艰难地行至桥中。

竹桥发出呻吟，有一两处在断裂、散架。苦女紧张地抱住父亲不走了。苦女爹明白处境危险，忙拉着苦女抢步前行。

浊浪在晃动，芦苇在晃动，云天在晃动……

一声炸雷，竹桥崩塌。苦女"啊"的一声惊叫，父女脱手各自跌入江中。

7.

风雨撕扯着一顶破裂的纸伞。

纸伞下面露出英姐吃惊的脸庞。她顾不得收住破伞，迎着风雨大呼："快来人哪！有人落水了！"

喊声惊动了不远处两个身披簑衣、头戴斗笠的路人，他俩交换了一下眼光，拔腿向江边奔去。

8.

坍塌的竹桥在江中继续散架，蒲苇的断叶在浊浪中打旋。水波涌动，一丛女子的秀发漂浮而起，刚及水面就随流沉没。

两个路人已卸去斗笠簑衣奔到江边。跑在前面的是一位精壮汉子，他迅速判断了一下江里的情况，纵身跃入水中。后面跟上来的小伙子不大识水性，他赶忙爬下河滩沿岸涉水，准备随时接应。

杨英姐也赶到江边，她手中的纸伞已成了个"破喇叭"。

风雨小了，附近村里的乡亲们闻声纷纷赶来。

一声水响，壮汉挟着昏死的苦女冒出水面，小伙子连忙上前接着。

人声嘈杂，乡亲们上来七手八脚地将苦女拉上岸。

苦女在英姐的按抚下大口大口地吐着水。

壮汉在江中搜索，时而来回踩水，时而潜入水底。

苦女被救醒，哭叫着扑向江边："爹爹！"

壮汉、小伙垂头丧气地爬上岸来。

苦女撕心裂肺地对江呼喊："爹爹——"

但见一江奔流的浊水，唯闻隐隐远去的雷声。雨丝伴着苦女的号啕大哭，壮汉将蓑衣披到她身上。

乡亲们纷纷叹息："唉，又是一个屈死的冤魂！"

"今年已是第三个啦。""官府喊造桥造桥，这么多年了，可这桥……""刮钱进腰包，害民啊！"

英姐："不是说有个闻名江南的石匠徐寿，在这里领班造桥么？"

乡亲甲："领班造桥？嘿，没见过这种好人。"

乡亲乙："听说徐寿在以造桥为名，为那些当官的和财主老爷们雕牌立碑。"

乡亲丙："手艺人么，赚钱要紧。"

石匠传奇

英姐暗自慨叹："啊，原来他也是个世俗之徒，真叫人失望。"她愤然发问："难道这徐寿，竟眼看着水乡哀叹渡江愁，眼看着处处浪里添新鬼，就甘当一个听人摆布的石奴?"

小伙子上前辩白："哎，徐师傅他是出于一时无奈。"

壮汉推开小伙："不，四乡盼造桥，徐寿桥不造，他，枉为江南石匠，愧对水乡父老。"

英姐："这位大哥若见到徐寿，请代我问他一句话：江南石匠的骨头能顶几两重?"

小伙子大为不平："你……"

远处传来一阵呼喊："师傅!"

来的是阿乖、阿楞，他俩踏着泥泞奔到壮汉面前。

阿乖："师傅! 阿忠! 你们回来得真快。"

阿楞："师傅，那些灰孙子以造桥为名，骗我们日夜替他们造牌坊，竖'功德碑'，我们不干了。"

壮汉："好吧，看来，这石桥，只有靠我们自己造啦。"

众乡亲悄悄议论。

英姐："这位师傅，请问您是……"

壮汉："石匠徐寿。"

英姐："啊，您就是徐师傅，刚才……"

徐寿："噢，刚才我应该回答你的问话，江南石匠的骨头能顶磐石，能压千斤！"

英姐两眼闪光："好哇！徐师傅，英姐特来拜您为师！"说罢，深深一鞠躬。

徐寿一怔，伸手抽出一根钢锥："这，可不是绣花针。"

英姐毅然接过钢锥："从今以后，这就是我的绣花针！"

徐寿："好！那我们一起走。"回头见苦女缩在一旁，"噢，阿忠，送这位小妹妹回家。"

苦女："不，爹爹死了，家里没人了，我……也跟您去造桥。从今以后，您就是我的亲爹！"说着双膝跪倒。

徐寿："哎，好好好。"连忙扶起。

众一阵赞叹。

徐寿将手一挥，"走，准备造桥！"

雨过天晴，彩虹凌空。

9.

蒲汇塘滩上，一派造桥的繁忙景象：河上搭起排架，船工驾着满载各种条石、块石的木船纷纷驶来，汗流浃背的搬运工吆喝着号子在扛运石头……

英姐在帮着搭工棚。

苦女跑来跑去送茶水。

阿乖在清点各方捐来的桥银记账。

石匠们围着徐寿在研究图纸。

10.

深夜，远处传来几声狗叫。

朱家后厅的一排雕花落地窗上映出朱二太爷和跷脚虎的身影。

朱二太爷的声音："徐寿造桥深得民心，此事还是将计就计为好。"

跷脚虎的声音："是是，二叔说的是。"

11.

造桥工地，石匠们在锻石，响起一片叮当声。

阿忠扶锥，阿楞一下一下有力地挥舞着大榔头。

徐寿灵巧地锻石，英姐在不远处模仿着。

跷脚虎带着两个随从出现在工地上。

随从甲："喂，徐寿在吗？我家少爷有话。"

徐寿抬头一看，双眉一皱："嗯？"

12.

工棚里，块石搭成的简易桌凳。

跷脚虎大大咧咧地坐下，苦女送上茶水。

徐寿："工地简陋，有屈贵客，不知朱少爷来此有何见教？"

跷脚虎："无事不登三宝殿，我是奉了家叔朱二太爷之命，特来相助徐师傅造桥。"

徐寿："噢……造桥之事，都属粗重活计，哪能劳动朱少爷你的大驾。"

跷脚虎嘿嘿一笑："徐师傅，我朱某收收桥捐，派派工匠还是可以的吧？"

徐寿："这个……"

跷脚虎："朱二太爷刚从县衙回来，他说这也是上边的意思。从今以后，我是这里的造桥总管。"

徐寿："那好。既然这是官家的意思，那官家征收的九次造桥捐想必朱少爷一定带来了？这里正缺桥资，正好拿来使用。"

跷脚虎："这这……以前所征桥捐，都已充作官银了。"

徐寿："啊？那这第十次就只能由小民们自己承办啦。"

跷脚虎霍地站起，"你这是想违抗官府？"

徐寿稳稳站起："不敢，徐寿只是造桥而已。"

"哼！"跷脚虎将手向随从一挥，"走！"

13.

一轮圆月冉冉升起，江面波光粼粼，宛若架起一座银桥。

徐寿扶石对江沉思。忽闻身后传来叮叮锻石声。他循声走去，只见英姐在月光下练习凿石。徐寿走近，静静地望着她。

英姐一个失手，锥子被击飞，指上冒出了鲜血。

"嘶"的一声，徐寿从衣襟上撕下一布条，伸手给英姐包扎。

徐寿："英姐，石匠活不是女子干的，你为什么一定要自讨苦吃？"

英姐："因为，我准备跟你造一辈子石桥。"

徐寿有所触动："一辈子？"

英姐毅然点头。徐寿一声长叹，两人相背无语。

稍顷。英姐问："你好像有心事？"

徐寿："我……在等一个人。"

英姐："谁?"

徐寿："竹桥杨。"

英姐急转身："你为什么要等他?"

徐寿："半年前，我认识了他，一位专门搭竹桥的师傅——竹桥杨，两人说话投机，便交上了朋友……"

画面回忆 一座即将搭成的竹桥，面容清癯的竹桥杨在桥头拉住徐寿。竹桥杨把徐寿请进工棚。竹桌上，一壶米酒数碟小菜。两人相向而坐，高兴地举杯对酌。

徐寿的叙述在继续："竹桥杨听说我准备领班造石桥，欣喜非常，决定回去领了女儿一起来给他搭竹架，帮助他造桥。他说他的女儿聪明能干，如果我愿意，他要认我作女婿。我想，有其父必有其女，就答应了。并将亲手雕刻的半座小石桥作信物，托他送给他女儿。"

画面回忆 官塘大道口，徐寿正在为竹桥杨送行。徐寿双手托起半座石雕小桥，竹桥杨庄重接过。两人依依惜别。

徐寿："转眼已是三个多月啦，可他们父女却音信全无。"

英姐："你可知道，那竹桥杨长年造桥在外饱经风霜，早已积劳成疾。一路奔波，他回到家里已是病入膏肓。"

徐寿："啊？那竹桥杨他……"

英姐眼里滚出了泪珠。

画面回忆 病榻上的竹桥杨由女儿(背影)扶着艰难地撑起身，哆嗦地捧起半座石雕小桥交给女儿，手指门外，女儿难过地点着头抱住石雕小桥，竹桥杨溘然长逝。

泼天大雨。雨幕中渐渐露出一座新坟。石碑上刻着："竹桥师傅杨公永田之墓"。

徐寿悲痛万分："英灵千古竹桥杨，女婿徐寿给您老人家磕头啦！"说着，双膝跪倒。

英姐泪流满面："爹，您在九泉之下可以瞑目啦。"也跪倒在徐寿身旁。

徐寿："啊，你就是……"

英姐摸出雕琢得十分精巧的半座小石桥："我就是竹桥杨的独生女儿——杨英姐。"

徐寿："那你为什么不早告诉我？"

石匠传奇

英姐："因为我一见面就骂了你。还有，我想看看你是不是我想象中的男子汉。"

徐寿："英姐！"他忙从身边摸出另半座小石桥。两个半座小石桥并在一起，天衣无缝。两人激动地抱在一处。

皓月当空，那么亮，那么圆……

14.

"砰——啪！"爆竹在半天炸响。

"喔哇……！"出生刚满月的孩子在英姐的怀里响亮地哭着。徐寿、英姐相视露出幸福的笑容。

又一座新桥落成，乡亲们从四面八方赶来庆贺，"小青班"奏起了悠扬的江南丝竹。

歌声袅袅：

蒲苇葆青春风暖，

盼得银河喜鹊还。

芦滩成大道，渡口架玉环，

醉酒老翁从容过，

学走儿童不用挽。

江南石匠把桥造，

父老乡亲笑开颜，笑开颜。

（歌声中闪现出一个个与词意相应的镜头。）

歌声继续：

蒲苇葆青春风暖，

盼得银河喜鹊还。

孤村连闹市，水乡多兴繁，

车马人轿八方走，

士农工商四海联。

江南石匠把桥造，

父老乡亲笑开颜，笑开颜。

15.

新桥下，阿乖亲昵地挽着苦女。

阿乖："苦女妹妹，你看阿忠、阿楞和我，哪
个对你最好？"

苦女："你们几个哥哥都好。"

阿乖："你最喜欢哪一个？"

苦女："我全都喜欢。"

石匠传奇

阿乖："傻话。"他摸出一如意玉佩塞到苦女手里，"给，送你一件礼物。"

纤手托起如意玉佩。

16.

新桥上，徐寿向四周拱手作揖："四乡的父老兄弟姐妹，徐寿斗胆领班，能在这蒲汇塘一线连造数座石桥，全仗各位鼎力相助，我向大家致谢！"

"谢徐师傅！""多谢徐师傅！"……四周围响起一片感谢声。

一长髯乡绅："徐师傅不辞辛劳，连造里仁、新沟、马婆泾、朱家浜等多座石桥，真乃侠肝义胆。不知徐师傅接下来又将起造哪座石桥？"

徐寿："应乡亲们之命，下一座打算起造朱真桥。现在正在测地打桩，采办石料，只是桥资一时还未筹得……"

这时阿忠风尘仆仆地赶来："师傅，我回来了。"

徐寿："阿忠，你回来得这么快，江西的石料有着落了吗？"

阿忠："江西的朋友们听说是师傅您买石造桥，愿意将上等条石降价卖给我们。"

徐寿："好。"

阿忠："但说，只是石场本薄，要我们付清银两再装货。"

徐寿："银清货足，应该应该。"喊："阿乖！"

阿乖从桥下钻出，应声走了过来。

徐寿："你结一下账目，看还剩多少桥资。"

阿乖迟疑了一下："好，我这就去。"

随从甲持一书信闯至徐寿面前。"徐寿，朱二太爷有书信一封，叫你看了好自为之。"

徐寿接信拆看，不禁双眉紧皱。他轻轻地读出声来。

信上写着："……朱真桥位，对着朱家祖坟宝地，挡了斗鸡活水，坏了星宿神风。若还执意造桥，定要送官究办。"

众人担心地看着徐寿。

徐寿缓缓收起书信，对随从甲说："请回报你

石匠传奇

家朱二太爷，造了朱真桥，江中的斗鸡活水照流，岸上的星宿神风照吹，非但不犯朱家风水宝地，而且还连通了四乡的财气。朱二太爷应该是深明大义之人，理当相助造桥为上。"

随从甲："这……"

阿乖上前回报："师傅，账目结了，还剩桥资三两六钱。"

徐寿："什么？还剩这么一点儿了，你这账目会不会有错？"

阿乖："没……没错。"

随从注意地听着。

徐寿警觉："这位小哥，这里没你的事了，请回去复命去吧。"

随从甲拂袖而去。

徐寿疑惑地盯着阿乖。

17.

工棚外，苦女将阿乖拉至一旁。

苦女："阿乖哥，你这账目到底准不准？"

阿乖："哎呀，师傅跟我亲如父子，难道我还作假不成？"

18.

工棚内。英姐给闷闷不乐的徐寿递上一碗茶。

英姐："告诉你个好消息，造朱真桥的桥资有办法啦。"

徐寿精神一振："唔？"

英姐："我与龙珠庵玄真师太商量，玄真师太笑着说：'有办法，一年一度的二月十九庙会就要来临了。'"

徐寿："二月十九龙珠庵庙会？"

英姐："嗯。这庙会……"她附在徐寿耳边悄声低语，徐寿的脸上露出了笑容。

19.

龙珠庵庙会场，经坛高搭，神幡招展。人们从四面八方云集而来。

"猛将老爷"面前香烟缭绕。英姐、苦女伴着玄真师太匆匆出来。

弥勒佛祖袒着大肚子笑。

阿忠问阿楞:"阿乖到哪里去了?"

阿楞摇头。

20.

朱家宅院门口,随从乙领着阿乖进门。

人进门闭,闪出两名公差,将阿乖抓住。

21.

庙场经坛上,木鱼声声。玄真师太端坐蒲团,正在念佛诵经。

经坛两旁挂着一副对联,上联是"乐善好施有求必应",下联是"捐银造桥心诚则灵"。横额是"佛法无边"四个大字。

坛前一只三脚鼎,上写"捐银宝鼎"字样。

玄真师太双手合十:"阿弥陀佛,善哉善哉!

猛将老爷灵示四乡善男信女，我佛如来普度众生，捐银造桥者，今世消灾，来世得福……"

人们纷纷将钱银丢入鼎中。

22.

一阵紧锣密鼓。庙会马戏场上，耍马戏的小姑娘在飞驰的马背上，灵巧地做着各种造型。突然一个单手倒立，另一手抖出一面彩旗。

旗上一行字："朱真桥马戏捐资"。

23.

庙会说书场。

说书人正说到精彩处，一个偏腿亮相，"哇呀呀呀呀！"引得满场叫好声。

书桌上写着："书银造桥"。

石匠传奇

24.

庙会市场上，捏面人的、卖十八翻的、套泥佛头的，一个个打出了"捐银造桥"的字样。

游过江牵着大水牛过来，水牛角上挂着四个大字："卖牛造桥"。

独轮车上，日用杂货琳琅满目。兜三里摇动货郎鼓唱着顺口溜：

嗨！嗨！喜讯来，喜讯来，

朱真桥，就要造起来。

我兜三里，再也不用兜三里，

去就去呀来就来。

今朝生意为捐款，要买大家来！

人们争先恐后掏钱买货。

25.

庙场经坛前，突然有人起哄闹事。

躲在一旁的跷脚虎一努嘴，一伙人合力掀动

经坛的木柱脚。

经坛被掀翻，玄真师太跌下坛来。

英姐、苦女冲上扶起，送她进庵。

有人呼喊一声："抢呀！"一帮家伙蜂拥上前欲抢鼎中捐银。

徐寿率石匠们上前堵住，阿楞猛力举鼎而去。

跷脚虎喊一声："操家伙！"一帮家伙纷纷亮出了刀棒。

徐寿举起了石匠号旗。

一棒锣响，庵门大开，"猛将老爷"出巡了。

这是一种特威严的祭神仪式。先是由两个抹着怪脸的少年，用竹椅抬着个小小的"伤司老爷"，在前面蹦跳着开道。（迷信传说"伤司老爷"爱戏耍，少年抬着他蹦跳得越厉害他越高兴。但谁若冲撞了他，就要立时毙命。）接着是八对少男少女，各架着勾肉提锣、勾肉提香，列队引道。（"勾肉提锣、勾肉提香"是庙会的一种特殊形式，将铜锣、香炉用银钩挂起，银钩勾入少男少女的臂肉中，旁边用架托着。迷信说这些少男少女有神灵护佑，绝对不可犯。因银钩勾肉时用了

石匠传奇

药物和按摩手术，故不怎么疼痛，"心诚"的就更不觉痛了。）随后是"肃静""回避"等硬牌执事，引出一抬八人大轿，轿中端坐"猛将老爷"，一杆大旗上书"龙归猛将"，断后的是十八般兵器的仪仗。

跷脚虎一伙行凶被阻，无可奈何地退在一旁。

26.

黎明，云缝里喷出一抹朝霞。

石匠们在拆卸工棚，将剩余石料装船，准备撤离旧工地。

一堆打点好的行装旁，阿忠在向徐寿辞行。

阿忠："师傅，一切都准备好啦，三叔的脚划船在蟠龙码头等我，我走了。"

徐寿："阿忠，你此番去江西，要尽快将石料办回来。路上小心，所带银两都是乡亲心血，决不能有半点差错。"说着，递过一柄短刀。

阿忠接过短刀："请师傅放心。"

徐寿对拆卸完毕的石匠们一挥手："大家一起

走，顺便送送阿忠。”

大家欢应着，各自拿起自己的行李。

忽然一阵嘈杂，附近的乡亲们呼喊着赶来送行。他们纷纷向石匠们塞着粽子、糖糕、馒头、鸡蛋。

一位老妇上前拉住徐寿：“九娃，快来给徐伯伯磕头啊！”

一个三岁孩童在徐寿面前趴下，连连磕头。慌得个徐寿又挽孩子，又扶老人。

徐寿：“阿呀呀，使不得！使不得！”

突然，跷脚虎带领随从出现在面前。

跷脚虎：“徐寿！你藐视官府，擅自挑头聚众，造桥生事，捐资贪赃，该当何罪？”

众人一时怔住。

徐寿逼视跷脚虎：“什么？我徐寿捐资贪赃？”

跷脚虎连连后退，慌忙呼喊：“快快，快把他抓起来！”

旁边应声走出两个公差，上前欲抓徐寿，众人纷纷上来护住。

众人：“不许抓徐师傅！”“徐师傅是好人！”

"不能抓!"……

跷脚虎:"好一个徐寿,真是胆大包天!你身犯大罪,还敢聚众对抗官府?"

徐寿分开众人:"官府岂能无故抓人?说我徐寿捐资贪赃,请问赃在哪里?证在何方?"

公差甲:"呃这个……"

公差乙:"少啰唆,上面叫抓就抓!"

跷脚虎拨开公差,对着徐寿嘿嘿一笑:"来人,把证犯带上来!"

两随从应声推出一人,原来是阿乖。只见他衣破肉绽,满脸血污,一下跌跪在徐寿面前。

阿乖:"师傅!"

徐寿:"你?"

跷脚虎:"阿乖,你当众说一声,徐寿捐资贪赃,是虚是实?"

阿乖:"呃这……"

跷脚虎:"讲!"

两公差:"讲!"

众随从:"讲!"

阿乖:"好好好,我讲我讲!"转对徐寿:

"师傅，我……"

徐寿："阿乖，江南石匠有个规矩，就是不容许做亏心事。你给我说实话，这'捐资贪赃'到底是怎么一回事？"

苦女："快讲呀你！"

众石匠："快讲！"

众乡亲："讲！"

阿乖："呃我讲，徐师傅他……没……没没……"

跷脚虎劈胸揪住阿乖："阿乖，这账上的捐资贪赃，都是徐寿所为，你已签字画押。现在当场对质，马上放你脱身。如果胆敢翻供，休怪我手下无情！"

两差役拔刀出鞘。

阿乖："哎哎，我讲我讲！那个捐资贪赃，全都是实。"

"你……"徐寿气得说不出话来。

众人哗然。阿楞举拳欲打阿乖，阿乖在随从掩护下逃跑。苦女失声痛哭。跷脚虎嘿嘿狞笑。

阿忠挺身而出："不许胡说八道！徐师傅为造

石桥，花尽心血，几次为凑桥资变卖自己的家产。现在，他家的田只剩四亩旱地，他家的屋只拆剩三间草房，而他结婚时，做新郎时就穿的他身上这身粗布衣裳。说他捐资贪赃，能相信么？"

众人叫喊："不相信！""我们不信！"……

跷脚虎："大胆刁民，简直想造反？快给我将徐寿吞吃的捐银统统搜出来！"

众随从应声拔刀上前："搜！搜搜搜！"

两公差逼近徐寿，乡亲们紧紧地围住。

随从们抢过了几个石匠的行装，粽子、糕团纷纷滚落在地。

阿忠护住行李后退。

徐寿神色冷峻。

随从逼向阿忠，阿忠转身，被跷脚虎挡住。阿忠脱身不得，呼一下亮出了短刀。

随从们"呀"的一声吼，举刀欲劈阿忠。

徐寿大喝："住手！"

人们惊视着徐寿。

徐寿分开众人，从容地说："你们不是说我徐寿捐资贪赃吗？怎么抢起这些普通石匠的行李来

了？（以手撩刀）放下！统统放下！（拿过被抢行李）这些行李还给他们。"（丢给石匠们）

跷脚虎狐疑地看着徐寿的举动："你?"

徐寿："听着，一人做事一人担，'捐资贪赃'的罪名由我徐寿承当!"

石破天惊，满场震撼。

跷脚虎："那……好啊，快把捐银交出来吧!"

徐寿："要交捐银容易，请到松江府大堂!"

跷脚虎："哼，有种!"将手向公差一挥："带走!"

两公差扭住徐寿，众人呼叫着上前。

徐寿："各位石匠兄弟，众家乡亲父老，你等若还信得过我徐寿，请不要管我。该种田的，还得种田；该做石工的，还去做石工；该出远门办事的，还去办事。若得如此，徐寿死亦无怨。请勿远送，即此告辞!"

27.

蒲汇塘边的九里亭顶着翻滚的乌云。

石匠传奇

徐寿被两个公差押着远远走来。

兜三里推着独轮货车，一农夫在指指点点地告诉他什么。兜三里一怔，他毅然将一车货物倒在塘滩上，推着空车向徐寿奔去。

兜三里："徐师傅，来，坐我的车。"

徐寿："谢谢老哥，我能走，你快做生意去吧。"

兜三里："噢，我正好空车到松江去拉货，顺便送你一程。"

公差乙："去去去！"

远处传来英姐的喊声，徐寿呆住了。

英姐喊："小龙爹！"她发疯般地跑着，跑着，摔倒了，爬起再跑。

英姐扑向徐寿，放声大哭："小龙爹！"

公差甲："哎，走走！"

公差乙："妈的……"欲推开英姐。

兜三里递上一包银元。"两位官差哥哥行个方便，让他们夫妻俩告别一下。"

公差见了银子，像小狗拣了肉骨头，乖乖地蹲一旁去了。

徐寿、英姐相聚在九里亭下。徐寿替英姐擦泪，他的手在微微颤抖。英姐泪如泉涌。

徐寿："小龙娘，好英姐，不要哭，我们是石匠啊。"

英姐："嗯。"她狠狠咬住嘴唇，不让眼睛里的泪水再流出来。

徐寿："英姐，我要拜托你一件事。"

英姐："嗯。"

徐寿："我吃官司去，你代我领班造桥。"

英姐："嗯。"她咬住的嘴唇流出了鲜血。

（响起壮烈的主题歌声）

啊——

石匠骨，石匠筋，

顶磐石，压千斤！

滔滔恶浪从容过，

滚滚惊雷挺起身。

活着做个造桥人，

死了甘当护桥神。

拼将满腔血，化作石桥魂！

歌声中：夫妻壮别。叠印巨大的条石横跨江

面，挺拔的桥柱巍然屹立在汹涌的波涛中，石桥承受着满天风雷。

28.

朱真桥工地。

凿石声、扛石号子声响成一片。河中竹木架上，石匠们忙碌着，新桥即将合龙。

一声哨响，英姐正在扬旗指挥。

阿忠摇动独脚吊，吊石安装，吊杆木直插云霄。

游过江等在河中加固竹架。

青年："喂，游过江，徐师傅有消息吗？"

游过江："还是关在牢房里。"

一壮年："怎么乡亲们的联名上诉一次也没用？"

游过江："人家朱二太爷的哥哥在县衙门做事，官官相护，这上诉有屁用。"

29.

一只纤手托着如意玉佩。

苦女呆呆的脸上，滚着晶莹的泪珠。

有人轻轻将手搭在苦女肩上，苦女回首，却是阿乖。

苦女："啊？是你！这大半年来，你到什么地方去了？"

阿乖："噢，我在设法替师傅申冤啊。"

苦女："替我爹爹申冤？"

阿乖："是啊，我是他将来的养女婿，当然要帮他申冤喽。"说着，向苦女靠近，被推开。

苦女："那你当初为什么要作假证，诬害我爹？"

阿乖："哎呀，那个时候钢刀架在头颈里，不讲，这小命就保不住啦。"

苦女："哼！人家说，你早就不怀好心，趁管账之便从中吞吃桥资。到头来事情败露，就害我爹爹。"

石匠传奇

阿乖："傻瓜，别人这么说，你怎么也这么说？要知道，我这全是为了你呀。"

苦女："什么？为了我？"

阿乖："你想想，不然我哪里有那么多钱买如意玉佩？"

苦女："啊，这么说，这玉佩还是赃物？"

阿乖："不，这是定情礼物。好妹妹，这事要查起来，你我还是同伙，你还是乖乖地与我做个夫妻，远走他乡去吧。"

苦女怨恨交加，左右开弓打了阿乖两记耳光，哭着跑了。

阿乖转身欲追，远远见阿楞正在走来，慌忙逃走。

30.

乡姑三妹匆匆跑来。

三妹："小龙娘！小龙娘！"

英姐一手榔头，一手锥子，脸上挂满汗珠。"三妹，什么事？"

三妹："小龙又发高烧了。"

英姐："啊，小龙儿，我……噢，麻烦你再去请郎中先生看一看，撮点药。我今天晚上一定来照看他。"

三妹："那你……晚上一定要来看看小龙，噢?"

英姐一阵酸楚，她点头向三妹挥手。

三妹匆匆走了。

阿忠过来，轻轻唤了一声："师母!"

英姐应着，悄悄擦了下眼眶。

阿忠："临时请来的石工两个月不发工钿了，刚才有人想走。"

英姐："你告诉他们，工钿三天之内照发。"

阿忠："这……桥银已经用尽。"

英姐："我家还有四亩旱地，统统卖掉!"说完掉头就走。

阿忠："哎哎，师母你……"

阿忠欲追上去，远处传来阿楞的一声怒喝："站住，你走不了!"

石匠传奇

31.

芦边小路上，阿楞揪着手挽包裹的苦女，愤怒地将她摔倒在地。

阿忠上前推开阿楞："什么事?"

阿楞："我刚才看见她和阿乖在一起鬼混，阿乖见了我拔脚就逃。想不到这小贱人，竟打了包裹欲与阿乖私奔。"

阿忠："啊?"

苦女："不不，阿楞哥，你听我说……"

阿楞："你还有脸说!"举拳欲打。

阿忠挡住阿楞拳头："你听她说么!"

苦女："我对不起爹爹，对不起各位哥哥，有件事我一直瞒着大家，我收过阿乖的如意玉佩。"

阿楞怒目圆睁。

阿忠双眉紧锁。

苦女泪流满面，痛苦不堪。

苦女："他……他刚才说这玉佩就是他偷用桥资买来的，说我已经是他同伙，逼我跟他去做夫妻。"

阿忠："那你就这样跟他走?"

苦女："不!我决不会跟他走。他丧尽天良害苦了我爹爹,他是一条咬人狗!"

阿楞："那你拎着包裹到哪里去?"

苦女："带着赃物如意玉佩,去松江府上诉!"

阿楞："啊!"

阿忠："苦女妹妹,官府官府,官富相护。为救师傅出狱,我们曾经一次次联名上诉,可这又有什么用呐?你一个弱女子单身闯府,只怕是凶多吉少。"

苦女："苦女我死而复生,爹爹的救命恩、养育情,粉身难报。纵然是飞蛾扑火,我也要拼死上告!"

阿楞一把抓住苦女的手:"好妹妹!"这个铮铮铁汉的两眼闪出了泪花。

三双手紧紧地握在一起。

苦女："两位哥哥,小妹走了。这事情千万不要告诉妈妈,妈妈她……太苦了。"

朔风凄凄,落叶萧萧,长空传来孤雁的悲鸣。

石匠传奇

32.

跛脚虎带领一帮随从，气势汹汹地来到朱真桥工地。

随从们喝令："停止造桥！""停止造桥！"

跛脚虎："徐杨氏听着，县老爷有令，立即停止造桥。若再有人造桥生事，统统抓起来发配充军。"

人们置之不理，凿石声和号子声益发热闹。

跛脚虎："他妈的！你们都不想活了？弟兄们，将桥石推到江里去！"

随从们蜂拥而上，阿忠、阿楞等石匠挺身上前，双方对峙。

杨英姐站了出来："告诉你们，这朱真桥是我徐杨氏领班起造。桥成之后，充军发配，我去。"

跛脚虎："嗨，徐杨氏，你真胆大包天，也想陪你男人去送死？"

阿楞怒喝："什么话？"

跛脚虎："什么话，告诉你，徐寿捐资贪赃一案，已经刑部批转，明朝午时三刻，就要将他绑赴法场，开刀问斩！"

全场震惊。

英姐晕倒。

跷脚虎狞笑着率随从扬长而去。

众人焦急地呼喊："师母！""师母！"

英姐渐渐苏醒。她讷讷地问："这是什么天？这是什么地？为什么石匠不能造桥？为什么造桥竟要引来杀身之祸呀？"

乡亲："唉，这瘟桥不造也罢。"

一石匠："这世道，还造什么桥！"

另一石匠："这桥不造啦，我们走！"

几个人随声附和："走走走。"

阿楞"通"一拳将一块石击碎："师母，他们逼得我们无路可走了，我们劫法场，救师傅，反啦！"

好几个人响应："对，反正没活路了。""豁出一条命，反啦！""反啦反啦！"

阿忠忙上前劝阻。

众一时大乱，有的欲跟阿楞去拼命，有的准

石匠传奇

备散伙。

英姐霍然往高处一站，大喝一声："都给我站住！"

大家不由都停住了脚步。

英姐："你们，真心愿意做徐寿的徒弟和朋友的，回来。"

大多数人都低着头转了回来。

英姐："徐寿不惜身家性命，只为水乡能造起石桥来。今天这朱真桥还未完工，大家竟然就撒手不管了。请想一想，这样做，我们对得起牢狱中的人么？"

人们静默无言，有人在垂泪抽泣。

阿楞扑通跪倒："师母，我阿楞真浑！可我有什么办法啊？"他不禁捶地痛哭。

英姐扶起阿楞："众家师傅，各位朋友，我们现在只有一个办法。"

好多人急着问："什么办法？"

英姐斩钉截铁地答："造桥！"

众惊疑："啊？造桥？""还造桥？"

英姐："对。当初，我丈夫甘蒙'捐资贪赃'

的不白之冤，为的是保住桥银造这朱真桥；现在，他将为造此桥而挺身赴难，这桥我们怎能不造?"

许多人点头称是。

英姐："目前此桥即将造成，而官府、恶霸互相勾结，正在逼我们垮掉。时间如油煎火烧，万望各位含悲忍痛，今晚通夜抢造朱真桥!"

阿忠大呼："各位师傅，动手哇!"

朱真桥工地激起了抗争的怒潮。

33.

夜幕降临。蟠龙塘上，满江水波渐渐转暗。

突然，水面映起一片红光。

阿忠吃惊地呼唤："师母，师母，有人放火!"

英姐瞪视着前方。

石匠们瞪视着前方。

上游江面上，夵来许多用干柴扎成的火排。一只只火排烈火熊熊，迅速向朱真桥漂来。

还未完全合龙的朱真桥，全靠着江中木架和竹架的支撑。如竹木架被烧，势将前功尽弃。

　　火排越漂越近，越漂越近，朱真桥面临着一场灾难。

　　英姐果断地发令："不能让火排靠近桥架！不会水的，统统拿起长竹竿，跟我将漂来的火排推向河中；阿忠，你带会水的下去，在空档最大的中孔推火排过桥。"

　　大家应声而动。

　　阿忠一挥手，带着几个人从竹架上滑下江去。

　　游过江纵身跃入江心。

　　人们纷纷拿来了长竹竿。

　　阿楞"哗啦"一下将上身布衫扯了，抱住竹架就向下滑，被英姐一把拖住。

　　英姐："阿楞，你不会游水，不能下。"

　　阿楞："下面人手太少，我有办法。"说着挣脱英姐的手滑下江去。

　　火排乘风顺水，气势汹汹地漂近。烟火飞向桥架，飞向挺身迎战的人们。

　　几十根长竹竿将前面的火排挡住，拨向中孔。中孔前，阿忠、游过江等接着火排，迅速推过桥孔。

火排轰然掠过，焰飞烟扬。

英姐一竿当先，喊着："准备!"

十几支长竿伸向同一个火排。

英姐喊："推啊!"

长竿一齐用力，火排被推向江心。

阿忠他们将火排一个个推过桥去。

火排越聚越多，阿忠他们忙乱不堪。

游过江刚推走一个火排，返身一个猛子扎入水中，一探头接住另一个火排就推。

几个火排挤在一处，卡在了竹木架上。烈焰舔着桥架，几十根竹竿无法抵挡。阿忠他们在水中奋力抢推，烟火呛得他们喘不过气来。

阿楞一声吼叫，腾身跳上火排。烈焰熊熊，他将双手抓住竹木架，硬将火排撑开。他拉着桥架，飞速将一个火排推过中孔，然后两脚一蹬，身子攀上竹架。火排顺流顺势，一下漂出老远。

阿楞的身上在着火，他迅即往水下一蹲，"吱"的一声火灭。

阿忠等纷纷照着阿楞的办法推火排，火排一个接一个被推过中孔。他们一个个衣烂发焦，伤

石匠传奇

痕累累。

最后一批火排涌了过来，其中一个特大的火排简直是一只火船。

人们大惊失色。

大火排被卡在中孔里，阿忠他们狠推不过。阿忠紧急地喊着口令："一二三！一二三！"

腾腾烈焰贪婪地扑向竹木架，竹木架有几处开始烧着。

阿楞推开自己一边的另外两人："你们统统到阿忠那边去，这边由我来！"

阿忠这一边人手增多，大火排开始松动。

阿楞独当一面。他不顾烈火烧灼，将身仰卧在火排边上，手抓前面竹架，脚蹬后面木架，两眼灼灼迸火，满脸汗珠滚淌。

竹木架轧轧作响，大火排硬是被推过了桥架孔。

"嘣"的一声，一处竹架散断，一块巨大的桥石塌了下来，将阿楞压入江中。

江中冲起一股高高的水柱。

人们声嘶力竭地呼叫："阿楞！"

34.

夜，昏昏沉沉。天空飞飞扬扬地飘着雪花。

人们围在桥头流泪。

阿楞的尸体蒙着被单仰卧在桥头石板上。

英姐抬头仰天，欲哭无泪。

英姐："请大家将阿楞安葬在这朱真桥头，他，是这里的护桥神。"

35.

一块巨石上，英姐稳稳地扶着钢钎，阿忠抡着大铁锤。锻石声连天震响。

桥上桥下，灯光人影。

壮烈的主题歌在回荡：

啊——

石匠骨，石匠筋，

顶磐石，压千斤！

滔滔恶浪从容过，

石匠传奇

滚滚惊雷挺起身。

活着做个造桥人,

死了甘当护桥神。

拼将满腔血,化作石桥魂!

歌声中,英姐的左眼被飞石击中。阿忠忙放下大锤,抽出白腰带替师母包扎。英姐坚持扶钎,阿忠奋力抢锤。鲜血染红了白腰带,映红了漫天纷飞的雪花。

36.

朔风呼啸,大地素裹银装。

响起凄凉的喊声:"祭桥去喽!""祭桥去喽!"

塘岸上,乡亲们手捧各种祭品纷纷赶来。

女乡亲怀抱婴孩走来。

乡亲甲:"李家新嫂嫂,这么冷的天,你孩子还幼小,不要去了吧。"

女乡亲:"不,孩子一出世,徐伯伯他们就为他造好了新石桥。今朝徐伯伯被害,我一定要让孩子一起到桥头祭祭徐伯伯。"

一老乡亲拄着拐杖颤颤巍巍走来。

乡亲乙："张阿公，你年纪这么大了，不要去啦。"

老乡亲："要去！我活了这么一把……年纪，没见过……这么好的好人。如今我……就是死也要去……祭他一番！"

乡亲乙扶着老乡亲一步步走去。

37.

朱真新桥，一派山河凭吊的景象。

桥上桥下，跪满了披麻戴孝的人们。

桥中香桌前，杨英姐跪地举酒。

英姐："小龙爹，你，是我想象中的男子汉。英姐来送你，来不及到松江，只能在桥头，你会责怪我吧？你不责怪我？那你饮下这一杯，啊。小龙爹，你说我们是石匠，叫我别哭，我不哭，我没有哭呀小龙爹！"

英姐手中的酒杯"啪"的一声被捏碎了。

石匠传奇

跪在周围的人们一个个泪雨纷飞，响起一片抽泣声。

英姐："小龙爹，你看看，这桥，造起来了。我们是按着你的图样造的，你快看看，有没有差错？啊？"

人们再也忍不住了，纷纷恸哭起来。

38.

雪地上，远远出现了几个小黑点。

几支芦苇抖落积雪，直起了枝头。

隐隐传来几声喊叫声。

雪柳掩映的河堤上，苦女在喊叫着奔来。"妈妈！"

喊声惊动祭桥的人们，大家纷纷站起来眺望。

兜三里飞快地推着独轮车，车上端坐着脸色苍白、须发蓬松的徐寿。

祭桥的人欢呼着，脱掉孝衣，像潮水一样涌了过来。

英姐一个人停立在桥上，痴痴地望着。

阿忠、苦女扶着徐寿踏上桥头。

徐寿、英姐四目相对。

徐寿轻轻呼唤："小龙娘，我回来了。"

英姐无声地抖动着嘴唇，突然扑向徐寿，抱头大哭。

39.

工棚里，人们拥扶着徐寿坐下。

一石匠："徐师傅，跷脚虎说您今天要法场问斩，怎么反倒放回来了？"

兜三里插嘴："那是跷脚虎他们放出的谣言。"

阿忠："看来，苦女妹妹的诉状还是告准了。"

徐寿："告准？如果不是巡按大人要来，这状能告准？"

几个人问："什么？巡按大人要来？"

徐寿："只因皇上派出的巡按大人要来松江巡查，知府要我回来叫大家连夜办一件事。"

英姐："什么事？"

徐寿："在我们建造的每座新桥上刻几个字。"

石匠传奇

徐寿说罢，掏出一卷纸来，展开一看，写的是："松江知府一力建造"。

人们愤慨地惊叹："啊？"

英姐："这事，你答应啦？"

徐寿："我么，嘿嘿，我来了个顺水推舟。"

人们疑问："顺水推舟？"

徐寿："对。我将此事答应下来，就又请人写了几个字。"

徐寿又摸出一卷纸展开，上写"江南石匠"四字。徐寿将这四字往"松江知府"四字上一盖，成了"江南石匠一力建造"。

大家笑着叫好。

40.

夜晚，阿忠和石匠们凑在一起相商着。

石匠们拉着长髯乡绅递上一卷纸，长髯乡绅笑着挥动了羊毫。

石匠们在分头行动，一座座新石桥上晃动着灯光人影，响起一阵阵凿石声。

41.

黑暗。一盏灯光亮起。

包着一只眼的英姐手持油灯，照着徐寿手中的一张图纸。

徐寿："亏得看监的大哥帮助，我在牢房中画了好几稿。"

图纸上，是一座五孔拱形石桥的图样，上标"七宝塘桥"。

42.

道锣声声。一对硬牌执事在前移，上写"代天巡按"。官舟的彩舆宝顶在前移、前移。

一座新石桥越来越近，越来越近。

石桥上，赫然刻着一行字："徐寿同妻杨氏一力建造"。

接着，先后闪现出马婆泾桥、朱家浜桥、朱真桥、里仁桥、新沟桥……每座石桥上都刻着

"徐寿同妻杨氏一力建造"。

这行字越来越大，直至超越整个画面。

化作两个字："剧终"。

《石匠传奇》（又名：《石桥魂》）作者寄语

每当小时候随船行经蒲汇塘，一座座古老的石桥总是吸引着我的眼睛。这里的每座石桥上面，都凿着一行字："徐寿同妻杨氏一力建造"。古老的石桥引出了古老的传说，神秘又离奇。

现在，古石桥大都被新建的水泥拱桥和公路桥替代了，唯独七宝镇上的古塘桥还巍然屹立，继续显示着当年石匠夫妻的"巩危途"精神。

古往今来，为民造福的民族精英（不管其身份高低），都会得到人民的千秋传颂。徐寿、杨氏夫妻造桥，不但当地民间家喻户晓，《松江府志》和七宝镇杨挺时先生家藏的《蒲溪小志》也都有记载。

一对普普通通的石匠夫妻，居然能在封建恶势力的重围中置生死于度外，挑头领班连造十一座石桥，真是可歌可泣。

赵家阁传奇

1. 故事从赵宋王朝说起

自公元 960 年的后周诸将发动陈桥兵变，拥立赵匡胤为帝建立宋朝开始，到公元 1279 年崖山海战宋军战败，宋末帝赵昺随陆秀夫背着跳海而死，南宋灭亡，历经 320 年的赵宋王朝就成了历史。

翻阅这段历史，我们不难发现，这个王朝若是与以前的夏、商、周、秦、汉、晋、唐等诸朝相比，其实还算是一个比较民主比较文明的朝代，一度也曾相当的繁荣。宋朝的经济是非常发达的，以史料计，它的经济总量远远超过中国的历朝历代。哪怕到了山河破碎偏安一隅的南宋，也曾经给杭州、苏州、松江等地带来了经济的发展和文化的繁荣。宋朝可以说没出过暴君，对邻邦也是以和为先的，但它还是逃脱不了灭亡的命运。

究其原因，宋朝有两个致命的弱点。一是治政怠弱惩腐不力，宋帝大多贪图享乐，懒理朝政，致使蔡京、秦桧、贾似道等奸相频出，政力江河日下。二是武备不强，宋朝政风重文轻武（重文无错但轻武大忌），致使长城失修，军队战斗力不强。因了以上两点，乱党贼子得重用，诤臣良将遭迫害，遇到强敌来犯，该攻的不攻而退，该战的不战而和。导致先被金侵，靖康获耻；后遭元灭，崖山倾亡。

最后的崖山海战极为惨烈，据估计，宋军在此役中阵亡十万余，海上都是尸体。身陷元营的文天祥目睹惨状，悲笔成诗：

羯来南海上，人死乱如麻。

腥浪拍心碎，飙风吹鬓华。

南宋灭亡后，众多的皇家后裔为避杀身之祸，纷纷隐姓埋名四散逃遁。远赴贵湘，近奔江浙。至今在全国各地存有家谱可查的有贵州的贵阳青岩、贵阳修文、铜仁石阡、普定、毕节、盘州十里坪，湖南的中湘衡沰、中湘白龙潭、慈利天门山、郴州桂东、平江、靖州，浙江的湖州、黄岩温岭西桥、金华兰溪、金华浦江、温州、台州西桥，江苏的常州武进、大港，山东的莒县、沂水，云南的昆明，江西的南昌、永修、南丰，广西的博白宁潭等地。

松江虽离临安（杭州）较近，但有九峰三泖，环境闹中取静，颇有几分安全感，便也有多位赵王子孙悄悄前来择所安身。为此，我们这九亭地区也就和赵宋皇族扯上了关系。

于是，一则传奇也就从九亭地区的一个村庄揭开了跌宕起伏的感人篇章。这个村庄就是横塘河（即现在淀浦河的前身古道）南的赵家阁，因九亭方言"阁"与"角"同音，久而久之，阁角混淆，后来这儿的地名就被写成了"赵家角"。

2. 横塘网里人

那是明朝万历年间，一个春暖花开的时节。

这天，横塘河南朱家湾里三十六岁的种田人朱阿三趁农事清闲，便扎起扳罾到横塘河去扳鱼。

这扳罾是一种古老的渔具。它用四根细长的竹杆绑在一根作支撑的粗竹杆上，四根细长的竹杆撑开一幅一丈左右见方的大鱼网下在水中，就是张网捕鱼。隔一段时间，岸上人利用一头绑在鱼网上方粗竹杆上的绳子，在岸上的另一头用力一拉，靠着一头撑在浜滩上的粗竹杆的杠杆作用，水中的鱼网就会被迅速拉起，正巧游过的大大小小鱼鳖虾蟹们也就成了网中之鱼，只能是蹦跶待擒了。

这是个扳鱼的上好季节。惊蛰已过，清明将至，河中鲫鲤都进入了求偶交配的活跃期。每逢暖阳之日，那些水中生灵都会出来寻恋觅爱。这鱼们在求欢时最为弱智，往往不顾环境有无危险，只是一味地忘情追逐嬉戏，便很容易落入渔人张伏的网中。

朱阿三扳鱼有经验，他知道掌握季节、时辰和气候，他更知道"鱼落深潭蟹落湾"的规律，便选了一处较深的河湾下网。只半个时辰，朱阿

赵家阁传奇

三就收获颇丰，那拴在水边的竹鱼篓扑通通作响，已经有大小十几条鱼儿被笼在里边了。

这也是个赏春的好季节。一处处粉墙黛瓦竹篱茅舍的大小村庄，被大片大片绿油油的麦田、黄灿灿的油菜花、红茵茵的红花草（紫云英）簇拥着升起缕缕炊烟。更有那燕子们欢鸣着穿飞古石桥，和河畔柳丝陌上桃花不时来个亲密接触，勾起你无限美好遐想。面对这一派江南春色，不禁让人迷醉得张开了大嘴。

这天横塘河里就来了一条赏春小船。

"欸乃"声里，这条舱上装有竹编圈棚的小船在如画似诗的横塘河中穿行。靠船头处，有一位三缕柔须的先生在铺纸作画，那些个小桥流水人家，飞燕杨柳桃花，都一一跃然纸上。忽然间，舱棚里船艄处钻出一个五六岁的童子，缠着艄公要学摇橹。艄公一边让他小心抓着橹绷绳，一边不停地摇着橹，逗得童子非常兴奋。

作画先生笑道："平儿，你就拜王老伯为师，学好摇船，做个江上船家吧。"

那童子应得爽快："好！"

艄公忙说:"不敢。这岂不耽误了小公子的前程。"

这时,可能是摇船时在水中左右翻腾的橹板,使一条在旁游过的大鲤鱼受到了惊扰,这条五六斤重的大鲤鱼突然轰然跃出了水面。它这一跃不要紧,生出了要紧的事来。

那个正在玩学摇船的童子,忽然见到那么大一条鲤鱼高高跃起,兴奋异常,放开橹绷绳拍着手跳了起来。

他这一跳可坏事了,摇着的船是在有规律晃动的,童子脚下不稳,一个趔趄后还是没站住,扑通栽进了横塘河中。

作画先生和艄公双双大惊,手忙脚乱呼喊着打捞。但船是在向前滑行的,一下就跟落水者拉开了距离。等到艄公抛橹、撑倒篙将船定住,那童子已沉没水中。船上两人大声哭喊起来,手拿竹篙、平基板(铺在船舱上的木板)先后跌跌撞撞地跳进河中打捞。

正在附近扳鱼的朱阿三看到这副情景,料是这两位不会游水。他想下水相救,但也不熟水性。

危急关头，他想到了他的扳罾，这上面的主竹杆又粗又长，扯去网就可往河中撩，也许能撩到童子。于是，他急忙将网拉起。可是，越忙越打岔，这网好像被河中什么东西勾住了。要在平时，朱阿三会生怕网被扯碎，碰到这种情况会小心翼翼地左右摆弄，直至脱勾。现在救人要紧，顾不得渔网碎不碎了。于是他拼尽全力往上一拉，就这一拉，奇迹出现了。

一个童子，一个比落汤鸡更狼狈的童子就在网里，双手紧紧抓着一角上那根张网的细竹竿。

六只眼睛惊喜无比。童子被迅速拖上岸来，哗啦啦吐出了许多水，便哇哇哭了起来。一个小孩哭了，三个大人倒是笑了。

三人手忙脚乱地扒掉童子身上湿衣，艄公在后舱拿出唯一的一件外褂裹在童子身上，朱阿三也脱下上衣披了上去。那两位却不行了，刚才一心只顾救孩子，双双不顾一切跳进河中，把身上衣服全弄得水淋带滴，现在已经冷得瑟瑟发抖了。

这时那作画先生急喊："快，摇船回去！"

三人相扶着刚要上船，朱阿三把他们叫住了。

"你们这样回去，必然冻出病来。我家就在附近，还是先到我家换去身上湿衣再说。"

事已至此，作画先生也顾不得讲究斯文客套了，道了声谢就抱起童子跟着向朱阿三家赶去。

3. 大有来头

朱阿三家很穷，破竹篱围着三间低矮的旧草屋，但场头的两棵梧桐、三株老榆和屋后的一大片竹林，倒使这个小农宅院的形象显得很有些"艺术"。屋中没什么"出客"的家具，客堂里就一只串板台，四只长条板凳和一只竹靠椅。不过，无论是场头、屋中，收拾得却是非常洁净。朱阿三家中人少，就一个有点耳背的妻子和一个还不到五岁的女儿。

一到家中，朱阿三先把童子塞进床上的被窝里，然后一边呼唤妻子烧姜糖汤，一边翻出几件自家最体面的衣服让先生和艄公换上。他自己跑出去了，一会儿，借来了好几件男孩穿的内外衣，让童子穿上。

这使作画先生和艄公非常感激。他们身上穿着洗得洁净的农家布衣，口中喝着香甜的驱寒姜汤，只觉着暖意无穷。

"大哥你心肠真好。今日小儿遇难，蒙大哥相救，又得你合家如此热情款待，小弟感激不尽。"说着，先生对着朱阿三深深地一鞠躬。

朱阿三是个老实人，见不得世面，一听这位画图先生几句文绉绉的感谢话，并且向他施礼，一时竟面红耳赤，双手乱摇。"哎哎，先生你……这也是巧，巧呀，先生。"

几个人都笑了起来。于是相互间通了名，道了姓。作画先生姓百家姓上第一姓——赵，叫赵左，家住浦南泖港。那位艄公姓王，即是泖港人。朱阿三受到陌生人尊重很是高兴，报了姓名后就叫妻子杀鸡弄菜，要请两位喝上几杯老酒。

这个朱阿三是凭着朴素的农家情，着手招待这萍水相逢的不速之客的。他哪里知道，这不速之客虽非达官贵人，可也是大有来头哪！

赵左小时候出生在吴兴（今属浙江湖州），是元代大书画家赵孟頫一位胞兄的后代。要是认真上溯起来，他可是赵宋王朝正正宗宗的皇家后裔。

赵左也算得上是那个时代的文坛大家，他的诗文书画造诣很高。后人评说他"为诸生时，诗文即出众，曾赴北京，以一首秋草诗一鸣惊人，人呼为'赵秋草'。后得顾正谊赏识，让他跟宋懋晋向好友宋旭学画，此后画名渐显。山水师法董源，兼学黄公望、倪瓒。画云山以己意出之，有似米（芾）非米之妙。善用干笔焦墨而又长于烘染，后受董其昌的画风影响，形成笔墨灵秀、设色雅致的风格。他与弟子沈士充、朱轩、叶有年、陈廉、李肇亨等构成的艺术群体，被人们称为'苏松派'。论画主张要得所画物象之势，应取势布景交错而不繁乱。赵左因一生穷困，曾为董其昌代笔。所著《大愚庵遗集》已失传，散落的诗文由其子搜辑成一集存世。传世作品有万历三十九年（1611）作《秋山幽居图》扇面（后藏上海

赵家阁传奇

博物馆）、万历四十年（1612）作《溪山无尽图》卷（后收录于《中国绘画史图录》下册）、万历四十四年（1616）的《长江叠翠图》卷（藏中国美术馆）等。另有现藏于故宫博物院的《富春大岭图》卷，台北故宫博物院藏《寒江草阁图》轴及上海博物馆藏《仿大痴秋山无尽图》卷、《山水卷》等"。

赵左本名赵佐，取名之意为佐助朝廷。他因中秀才后曾经对程朱理学偶有悖论，遂遭官府批责，便负气不再谋求功名，将自己的名字改为赵左。后来他生活贫穷，一段时间里只得为当时的"松江画派"领军人物董其昌代笔。

后人以为，因"董其昌是明代后期书画大家，其山水画理论与实践影响了明末乃至清代山水画的发展，加之董氏社会地位显赫，官至南京礼部尚书，以太子太保致仕，结交了大量的仕宦、文人和书画家，因此名重一时，影从者甚众"。官场多有求画，董其昌有时应付不过来，便邀赵左帮忙，左亦欣然从命。"赵左与董氏是翰墨挚友，并有着长期的书画交往，是董氏绘画最重要的代笔人之一。"

那么，那天赵左怎么会坐船到横塘去而致使小儿落水呢？其起因也是那个董其昌。

前段时期，笃信佛教的董其昌慕名举家到九里庵进香，还为其题一"花雨缤纷"匾额悬挂。董其昌一家烧香回去之后，一段时期里诸事顺达，便认为是九里庵神佛保佑，对其大肆宣扬。赵左闻之，便决定悄然到九里庵走上一遭。于是，就在泖港当地雇一小舟，带着儿子赵平来此一游。因赵左喜欢见景作画，第一天船摇摇停停，到会波村（今泗泾）已是金乌西坠，便在这新兴之镇的傍水客栈过夜。第二天大清早，赵左就拖起儿子上船赶路，很早就经蟠龙塘转入蒲汇塘到了九里庵。这九里庵寺庙不大，没半个时辰香就烧好了。他听人说，附近的横塘河两岸景色很有江南风味，便趁着时间充余，让王艄公从庵浜往南舟行横塘浏览。一路过来，果见不少好景致，于是即兴铺纸作起画来。如此，才有了与朱阿三的相逢故事。

4. 童戏的婚事

　　朱阿三招待客人的这一桌菜当然算不得丰盛，却美味可口。红烧杂鱼、白斩鸡、韭菜摊蛋、炒螺蛳，再加上荠菜、马兰、枸杞头等野生菜蔬，这些农家菜的色香味直让人胃口顿增。在阿三夫妻俩的殷勤待客下，这两位高兴地连连举杯，不一会，一大瓮土烧酒去了大半，三个大男人都有点脸红耳热了。

　　这时候他们忽然发现，两个孩子不知什么时候跑开了。

　　"哟，平儿到哪里去了？"赵左放眼探寻。

　　"啊？我家月月也不在。"朱阿三也站起了身，放大声问妻子，"两个小囡呢？"

　　"小囡？大概是玩去了，我去找。"阿三娘子说着，就出门寻找去了。

朱阿三招呼两位客人:"我家月月很乖的,没事,接着喝。"

这两个孩子真是出门玩去了。小孩子都这样,用餐时大人喝酒谈天他们坐不住,一碗饭三筷菜下肚,就要开溜了。

两个孩子虽然才刚刚认识,但年龄相差不大,一混就熟。

"你叫什么名字?"

"我叫月月。你呢?你叫什么?"

"我叫赵平,爸妈叫我平儿,人家叫我平公子。"

"平公子,嘻嘻!"

"你笑什么?"

"我笑你……好玩。"

"怎么好玩?"

"就是,我们村里小囡玩家家时,娶亲的新郎官就叫公子。"

"是吗?那,这玩家家怎么个玩法?"小男孩说着,拉住了小女孩的手。

"唔……要不,我们玩着试试。"

"好，我们玩着试试。"小男孩雀跃起来。

一会儿，邻里来了两个孩子，于是，他们就分工了。赵平扮公子娶亲做新郎，月月扮小姐出嫁做新娘，两个邻家孩子扮轿夫兼宾相。

"婚事"办得非常热闹，孩子们一边嘴里"咚呛咚呛"地念着锣鼓经，一边模仿抬轿子、扶新人。月月头上顶着块旧手绢，算是块红盖头；小赵平和月月的手拉起了一根稻草绳，算是那红绿牵巾。

两边扶着的孩子乱嚷嚷道："一拜天地！二拜高堂！夫妻对拜！"

这孩子们的玩家家游戏一阵热闹，惊动了村上的一个人，那就是刚巧路过的花嘴刘媒婆。那刘媒婆年纪只三十刚出头，风韵犹存。这时一见孩子们的阵势，诱发了她的职业兴趣，不由笑得合不拢嘴，便扭着屁股走过来参与。

"啊呀，我说小月月呀，你要出嫁嘛还得有个大媒人哪。我来给你们当媒婆。"

"你?"

这时候正好赶上月月的娘出来找孩子。听刘

媒婆在说："这位公子一表人才相貌堂堂，这位小姐千娇百媚贤淑温柔，真是天生一对地就一双，我来替你俩做个月老，愿你们喜结良缘百年好合白头到老。"

月月的娘原有点耳朵不好使，刘媒婆的即兴戏言她听了个七八分，只当是刘媒婆真的是替两个孩子撮合来了，慌忙回身去向丈夫报告。

这屋里头三人正喝得起劲，阿三娘子跑了进来。"阿三，刘媒婆来给我家月月和赵先生家小公子说媒来了。"

"啊?"

三人一听，不约而同地放下了口边杯。朱阿三道："瞎七搭八，小囡还小。况且月月是小村农家女，赵家小公子则是书香门第大户人家，我们怎么能高攀?"

赵左一听感到很突然，这时只见自己的儿子和月月手牵着手蹦蹦跳跳地进了屋，显得好生亲密。他又仔细打量了一下月月，只见这小女孩脸面长得像她那俊俏的妈妈，身材长得像她那矫健的爸爸，十分乖巧可爱。当时他又正在对这朱家

赵家阁传奇

心怀感恩，就乘着酒兴说道："朱大哥说哪里话来，我赵家如今也只是一介平民，今日你我相聚，也是有缘。我看这样，改日我们两家合一下两个孩子的年庚八字，如无冲突，就让他俩结为百年之好。"

就这样，赵朱两家真就攀上了亲。这一攀亲，就牵出了一段动人的爱情故事。

5. 知县女喜欢赵公子

说书人讲究"有话则长无话则短"，这娃娃亲攀过后，两家从此时有来往，一晃就是十多年。这个时候，朱月月已长成亭亭玉立的妙龄少女，赵平更成了款款洒脱的倜傥公子。

那个时期的赵左绘画艺术已是声名日甚。他原先师从宋旭，以画山水最为擅长，主要师法"明四家"之一的沈周，追摹董源、倪瓒笔意，采米氏云山与黄子久浅绛法，兼有黄公望、倪瓒之风。后又受董其昌山水画影响，并众所周知地为其代笔，"这也从一个侧面反映了赵左在绘画上的功力确实不凡"。赵左"晚期阶段，自身面貌成熟，表现出平淡天真风格；款书也结体瘦长，用笔尖利，线条挺秀"。

如果赵左家庭富有，即或家道小康，他可能在画艺上会有更大的发展。可惜他家非但在祖父时已属贫寒，再加上父母相继大病，使得这门赵氏雪上加霜，传承到赵左已是度日维艰。古时一般画家，靠卖画是很少能致富起来的，赵左亦不行，就是为董其昌代笔也收入无多。无奈，为维持生计，只得让对绘画很有天赋的独生儿子赵平放弃学业，早早地跟人做了造屋工匠。

不过这少年赵平倒也争气，粗细木作一学就会。一个偶然的机会，赵平为作头师傅解决了一个难题。那是一个大户人家，要造一个祠堂屋，东家对作头师傅说了祠堂屋的规模要求，请作头师傅先画一张图纸出来看看。作头师傅斗大字识不满两担，更别说画图纸了，眼看生意要泡汤，

赵家阁传奇

赵平适时站了出来。

"师傅，要不让我试试？"

这一试竟就成了。因为赵平跟父亲学过画画，尽管国画跟建筑设计图不是一回事，但他触类旁通，结合自己的实践和曾看到过的建筑结构图，画出来的立体透视图倒是非常"专业"。于是，那位作头师傅从此就不要他干木工活了，专门让他为班子里画各种结构图。

那一年，华亭知县郑元昭要过五十大寿，他想在厅堂里挂一幅能为他脸上添彩的画。最好是求董其昌，但董其昌位高爵显他不敢去，更何况敢去也得不到，因为董其昌忙不过来，听说应付一般官员的请画还是邀赵左代画后题名上去的。他也想过去求隐居佘山的陈继儒，但这位"山中宰相"却是另外一种脾气，乡人要画有求必应，官员要画免开尊口，他不想去自讨没趣。于是，他想到了赵左。赵左在松江也有名声，而且能为董其昌代笔，足见他的画艺功力亦非一般。

听说赵左最近就住在松江城里董其昌为他安顿的临时居所，郑元昭决定亲自去走上一遭。郑元昭有个宝贝女儿，长得谈不上有多漂亮但也比较端正。小名燕儿，今年十八岁。这燕儿听说爸爸要出门到画家家里去，缠着也要去看画画。

"爸你让我一起去嘛。"

"你一个女儿家，抛头露面成何体统？"

"我……自有办法。"

待到郑元昭刚踏出门外，一个假公子哥儿蹦了出来。"爸，儿子陪你一起去。"

"你……"这位知县老爷面对爱女的调皮，竟也无可奈何，"那去了守规矩，少说话。"

"遵命！"

父"子"两人来到了赵左的临时住所，赵左将两人迎进画室，假公子倒也很是得体，对着赵左深施一礼："拜见赵年伯！"喜得赵左好一阵夸奖。这时赵左从旁边偏间里叫出了一位真公子，他就是赵平。

赵平也奉父命见过县大人以后，就领着假公子到偏间里去了。郑元昭不便阻拦，只能眼睁睁看着赵家儿子拉着女儿的手亲热地走了开去。

这里且不表郑元昭向赵左如何要画的事，单

赵家阁传奇

说那偏间里的两位年轻人。

赵平自从专事建筑设计以后，技艺日见精进，一时在松江的这个行业中也小有名气，这样，一些建筑班子就求上门来。他在泖港的家过于破旧，便在父亲的临时居所落脚。这几天他正在为松江城西罗氏绘制因而园（即今松江颐园前身）建筑图，所以，桌上摊满了一幅幅漂亮的房屋透视图。

燕儿跟随赵平进来一看，喜欢得不得了。这位县衙千金，书读得不多，不懂得什么书画艺术，她只感觉眼前这一幅幅别致的房屋图，要比那些个乱糟糟的山水画好看得多。她不禁赞叹起来，"呵呀呀，赵兄你真有本事！"

说话间，眼角传情，一股女儿家的气息直冲赵平扑面而来。赵平一惊，定睛看着这位说话脆脆的县令家贵公子，"咦，难道这一位是……"

赵平这一定睛，却把燕儿的眼神给粘住了。她的心一阵狂跳，好一位俊帅的公子哥！

这时，只听旁间郑元昭高声叫道："儿啊，衙内事忙，我们告辞了。"于是，来去匆匆。

不过，就这匆匆一会，竟惹出事儿来了。燕

儿回家后茶饭不思，三天后更是发起烧来，嘴里不时呼唤着"赵公子"。

6. 威逼退婚

郑元昭夫妇得知女儿患上了相思病，很是着急。他们一边请医用药，一边耐心劝说，说是等她病好就让她嫁一个门当户对的公子。

"我不要。"燕儿坚决地说，"我就要赵家的公子！"

"他一介寒门，不配做你的夫婿。"县令夫人轻声细语。

"怎么不配？他会画房子，今后我们就让他为我家画最美的房子，我们造起来，多好！"

也可能是爱女心切，郑元昭听了竟为之一振。他惊喜地说道："哎，这赵左的儿子有这个特长，说不定还真是个可用之才。"

夫人不解："官人的意思是……"

"我有个远房亲戚官拜工部侍郎，若将赵左的儿子托他提掖，不难弄个一官半职。"

这句话一出，燕儿立时从床上坐了起来。"爸这主意好，这样，女儿的婚事也就门当户对了。"

就这样，这位县令立即托人到赵左家做媒，赵氏父子听了一口回绝，说是赵平早已订亲了。

来人问道："怎么以前没听说过，那是谁家的千金？"

"横塘河南朱家湾里朱阿三家女儿。"

"噢，那只是个农家女，和县令千金有天壤之别，你们退掉算了。"

"不能。"赵左摇头，"婚姻大事，一诺千金。更何况，朱家对吾儿有相救之恩。退婚万万不可！"

"你……你这不耽误了公子的前程？"

"没有。"那赵平竟也上前说话，"我赵平的前程即在这平民之间，我与朱月月是天生的一对，地就的一双。"

就如此，说媒者无功而返。

一日，当地里长喻士雄走进了朱阿三家的旧草屋，放在那串板台上的一包东西，则是一百两银子。

"阿三哥，你若答应把你女儿和赵家的婚事退了，这一百两银子就是你的了。"

"啊？这这……是怎么一回事呀？"朱阿三惊疑参半。

此时的朱阿三家真是贫困潦倒，妻子生病卧床，自己也摔断腿骨丧失了劳动力，整个家全靠女儿月月忙里忙外。若有百银资助，可一改家庭颓势，当然求之不得。但朱阿三没有丝毫犹豫，他脸色一阴："谁让人做这种缺德事呀？快把银子拿走！"

喻里长也将脸一板："你好大胆！既然有人肯轻易拿这百两银子给你，足见此人的权势有多大，你惹得起吗你？"

"权势再大也不能生拆人家的婚姻哪。"

"这不在跟你商量吗。实话告诉你，这可是先礼后兵。"

"什么意思？"

"一个官家小姐看上了赵家公子，你家的婚约必须退掉。"

"我们不退。"

"不退？不退不但你们家有麻烦，就连赵平公子也会有性命之忧。何去何从，你们就看着办吧，我可要告辞了。"说着，这喻里长真往外走了。

这时，月月叫了起来："等等！"

里长眉头一扬，停住了脚步。

"要是平公子亲自提出退婚，我们愿退。"

喻士雄笑了，袖中摸出一纸："你看你看，那赵平早已写好《退婚书》，只等你们签押了。"

这边父女俩基本不识字，望着白纸上的黑字干瞪眼。

"来吧来吧，你父女俩谁来按个手印，这事就算了了。"里长催道。

"这……"朱阿三六神无主地看着女儿。

"手印就不按了，只要赵家想退，就算是退了。"月月冷冷地说。

喻士雄显得很尴尬："……噢，那就不按了，银子你们收好，收据上按个手印就行。"

月月柳眉一竖："银子你得拿回去，我们是不会收的。告诉你那有权有势的人，这婚约，要么珍贵无价，要么一文不值。"

7. 殃及池鱼

那个时期的赵左，虽然还时常为董其昌代笔，其实他的画技已形成了自己的风格。

赵左长于烘染，在树木等的刻画上立体感强，层次繁复，风格细润，于绘画技巧上更为精能，但笔墨功力与董其昌相比则略显单薄，这主要是由于董氏所具有的超凡书法功底是赵左力所不逮的。赵左作为"松江派"中山水画的领袖，自具其独到之处。后来的《无声诗史》记其论画一则，阐述了他对山水画创作的艺术见解。他主张画山水，须得山川林木、楼观舟车、人物屋宇之势，做到取势布景，交错而不繁乱；景物布置，须自然合理；景色先以朽笔勾出，然后落墨，使景致、笔墨交融，成画后才富有意味。所以，赵左所作的山水画，多数体现了这些思想。景物大多较为繁复，有时画烟岚云雾流动于层峦叠嶂、坡谷幽溪涧，并以斜径、溪桥、房屋、树木，掩映穿插。笔墨方面，或用浓、湿、浅、淡的墨色染出山峦向背，同时渍出浮动的白云，或作浅绛设色，与笔墨的运用相融。

因赵左爱画如命，才造就此不俗技艺。无奈家贫，严重影响了他的发展。赵左有一个心愿，想有一处属于自家的藏画阁。

这日他把儿子赵平叫到跟前："平儿，你虽没能子承父业，但也学有所成，甚慰父心。今日为父要托付你一个未竟之愿，望能承应。"

"喔，爸你说吧，孩儿一定替你完成。"

"你也知道，我们家原是大宋皇家后裔，祖上有过无比的荣耀和辉煌。现藏家中几个旧箱柜中的大宋历代帝王像和徽宗皇帝御笔的《鹰峙》图足可见证。"

赵平在旁静静听着，频点着头。

"为父总想，历史虽然一去不复返了，但这份祖上的荣耀和辉煌，值得我们子孙后代纪念。因此，为父渴望自家造一藏画阁，小一点也行，简一点亦可。有了藏画阁，就可把大宋历代帝王像和徽宗皇帝御笔的《鹰峙》图珍藏起来，供子孙后代和有缘的世人瞻赏。"

"爸，您对祖上的感恩之心崇敬之意，孩儿明白。孩儿一定不负您的重托，从此倍加勤奋，立志起造藏画阁。"

"如此甚好。今日天气清朗，你让老艄公走一趟，把我的一些画作和一些友人的赠画运回泖港家中去。"

"好，孩儿这就去。"

此时的赵左万万不会想到，幸亏今日作此交代，否则，他的这一批画作免不了就要被人付之一炬了。

那是明朝万历四十四年（1616），董其昌因管家陈明欺压乡里和仇家借势生事，被聚众上万"民抄董宦"，致使四宅俱焚。城门失火殃及池鱼，赵左也因与董氏的关系而无端深受其害。不但住所被毁，而且还挨打受辱。赵左听人说，此次事端好像还有官场中人在背后煽动，想到自己最近为儿子的婚事得罪了县令。尽管郑元昭派来的人说朱家女已经答应退婚，但赵平还是不愿与县令女结亲。此事郑县令肯定记恨，很可能会趁势报复。事不宜迟，第二天就慌忙令儿子把泖港家中所藏珍贵字画尽数装在王艄公船上，连夜逃遁。

正在解缆开船之际，一位姑娘从晚霞里匆匆奔来，高喊："平公子慢走！"三人闻声抬头，只见来人竟是朱月月。

月月在岸上喘着粗气，赵平冷冷地说："你来干什么？"

"来接你们啊。"

"你……不是已经退婚了嘛。"

"噢，你已经答应人家啦？"

"我不会这么缺德，可你不是已经答应了？"

"你听见我答应了？还是看见我立的字据了？"

赵平噎了下口水："那郑县令差人来说你已经……"

朱月月眼泪夺眶而出："傻呀你！"

赵左见状，知道这是被郑元昭的人鼓捣出些误会来了，忙说道："平儿，人家别有用心胡说八道你也信？月月姑娘如此奔波来接，还不赶快道谢。"

　　这一说，赵平立时悟了过来，连忙上前拉住了她的手，低头道歉。于是原欲西去湖州投亲的舟船，东行横塘，来到了朱家湾。

8. 引火烧身

　　"民抄董宦"之事后来官方以惩处一批为首分子了事，不久郑元昭也被调任他处，赵左家遭遇的这段风波照理就该到此结束了。谁知竟又横生枝节，就是因了这退婚之事，无意间却埋下了一条祸根。

　　这次婚事风波，牵扯进了一个人，就是里长喻士雄。此人心胸狭隘，权欲财欲极强，办事一遇挫折就要迁怒于人。这次他受县令之托，带着转过来的一百两银子来朱阿三家劝说退婚，原以为是三只指头撮一个田螺的事，便拍胸脯打了包票。郑县令派来的人也答应他，事成后他这里长不但能得到三十两赏银，而且还将被提拔到县衙公干。可令喻士雄想不到的是，这事竟办砸了。

喻士雄算是使出了浑身解数。首先是权势威胁银钱利诱，接着是用自写的退婚书冒充赵平所写欲骗其按手印，后又想以收据上按手印来代作退婚依据。谁知计计不成，朱月月这个极其普通的农家女竟大胆地挡在了老实巴交的父亲面前，做到了油盐不进滴水不漏。无奈，他只能以"朱家已口头答应"交差了事。后因县令女婚事不成，喻士雄不但得不到奖金和提拔，反而把里长这顶帽子给掀掉了，真是"赔了夫人又折兵"哪！喻士雄越想越来气，他认为这是朱阿三家给他带来的逆运，于是他盯上了朱家，发誓迟早要报仇雪恨。

喻士雄的第一个算计是，等到朱家女成婚的那天晚上，给那三间草屋放上一把火。

自从赵左父子搬到朱家湾后，朱阿三家的生活渐渐有了生气。赵平多次请有名的郎中来家治病，不但朱阿三腿伤治愈重能走路了，而且阿三娘子也病痛大减可以下床自理了。在这种和谐的情况下，赵左就和朱阿三商量起了如何办理两个孩子的婚事。赵平知道后，拉着月月向双方长辈表态，立志起造藏画阁，在藏画阁造好之前，决不成婚。

在当时的社会条件下，像赵、朱这样贫寒人家，要起造一栋藏画楼阁谈何容易？这朱家就靠三亩薄田种粮种菜，只能勉强糊口，当然谈不上资助。赵左作画虽略有进项，但文人交往开销也少不了，相抵下来也就所剩无几了。不过好在赵平事业有成，已进入了发挥能量的阶段。

这个时期松江城西掀起了一股建造厅堂楼宇的热潮，原因是古浦塘上的两座大石拱桥。

一座是南北横跨在古浦塘上的安就桥（即现在的跨塘桥），这座古桥因年久失修，一次端午节被看龙舟的人压塌，于成化年间重建，改名"云间第一桥"；另一座是正在兴建的五孔大石拱桥，此桥叫作"永丰桥"（现名大仓桥）。只因这两座桥的先后兴建，使松江城西这一地段成了置宅宝地，地主老财富商大贾纷纷前来择地造屋。那些人家造的屋都非同一般，牌楼、马头墙，天井走马楼，各展特色，因此，需要设计图纸。这就给赵平带来了生意。几年下来，也算得了不少酬劳。

造藏画阁的事被提上了议事日程。粗粗一算，造屋的费用倒是差不了多少了，但造屋的土地无力购置。本想就造在泖港那破宅基上，但那地方实在太小，而且地势低洼环境又差，不合适。这时朱阿三一家三口站了出来，"好办，把三间草屋拆掉，藏画阁就造在这块老宅基地上"。事情就这样定了下来，于是说干就干开始行动。

喻士雄本打算等到他们办喜事那天放火烧房，这样，伤害力可以更大。谁知还没等到那一天，这草房就拆掉了。他十分丧气，盘算着另外找机会下手。

为腾出地基造房，月月向村里住瓦房的而且住房比较宽余的人家借用了两间屋，用于保藏那十几箱字画和晚上住人。由于朱家人缘好，这次造藏画阁得到朱家湾及附近的村人大力支持，临时吃住的地方很快就一一解决。赵平先是从松江请来些木匠，这些木匠师傅白天备木料，晚上就睡在村邻家里。这造屋要数备木料最为繁杂精细，特别是厅堂楼阁，更是多有讲究。梁柱要刨圆刨直，椽条要弯直一致，格子门窗和画梁的雕花都是技术活，所有的木料加工好后都要抹上两遍桐油。

经过大半年的努力，整栋楼阁的木构件全套配齐，工地周围堆起了好几大堆，光雕花板一堆就有一人多高，上面都盖着防雨防晒的柴帘，用稻草绳往两边桩子上紧紧系住。这几天已开始运来砖瓦，准备不日就动工砌墙架屋。

工程进展越是紧锣密鼓，赵朱两家人越劳累。赵平指挥泥水木工按图施工，月月把一日三餐和茶水安排得十分周全，赵左专事人来客往的接待，朱阿三赶买米菜油盐和清除废料垃圾，连得病体弱的阿三娘子也不停地洗菜洗衣。他们常常一个个忙到深夜，一停下活计倒头便睡。

这些情况都被在暗中观察的喻士雄悉数掌握，

赵家阁传奇

他认为，机会来了。

这几天喻士雄在反复算计，如提前行动，木料还不集中，烧起来不够狠；若以后再放火，屋成之后夹着砖墙的木料不比草房，一时烧不起大火。现在这时期正好，木料既集中又抹了油，还有柴帘助燃，烧起来肯定轰轰烈烈，不是"火烧赤壁"就是"火烧草料场"。机不可失时不再来，他决定今夜就动手。

这一夜月黑风高，夜深人静之时，喻士雄提俩油灯，鬼影似的闪进了工地。他想这雕花板最容易点火引燃，便将一油灯油泼在了那堆雕花板上，从身边摸出火镰、火石、火绒、火煤子，"啪啪"地打起火来。

这"啪啪"声惊动了一个人，他就是朱阿三。

其实这段时期朱阿三都在悄悄地守夜。自从场上进料以后，朱阿三就放心不下，自告奋勇独自值守。他从不声张，半夜擦身洗脚以后，就静待两家人一个个睡去，然后挟了块破棉絮，悄无声息地钻进木材中空地上躺了下去。正因为朱阿三做得隐蔽，暗中察看的喻士雄居然没有发现。

喻士雄正在打燃火绒、火煤子，忽听背后一声"啥人？"犹如突闻惊雷，慌忙将已经引燃的火煤子随手一丢，轰然点着了浇油的雕花板。喻士雄抽身就走，却被扑上来的朱阿三拦腰抱住。朱阿三大喊："来人啊，有人放火啦!"

夜深人静的一声喊惊醒了大半个朱家湾。喻士雄慌了，用力扳开朱阿三的手，猛力将其推出老远。由于用力过猛，碰翻了另一油灯，里边的油洒在了他自己身上。喻士雄跳起来就跑，不料踢动了绑在木桩上的绳子，不但自己被勾得身体跌跌撞撞，还带动已被点燃的一大堆雕花板轰隆隆朝他身上坍了过来。身上泼了油的喻士雄顷刻成了一个大火炬倒了下去，融在了那堆雕花板的烈焰之中。

赵家阁传奇

9. 阁里情浓

　　朱阿三的这一声喊，不但把赵家父子和朱月月唤醒，还让许多村民闻声而起，又互相呼唤，使得朱家湾几乎家家开门而出。一家有难各家帮，如遇捉贼、救火等情况，全村（甚至邻村）人都会倾家而出援手相助。这是一种传统美德。等赵家父子和朱家母女赶到，村人们也前后脚都赶了过来。

　　朱阿三既被摔伤，又被烟熏，已经昏倒在一旁。大家一看这情况，几个人先是慌忙将朱阿三抱到邻人屋里施救，大多数人则带着木桶木盆开始泼水灭火。但一看到那堆雕花板已被烧得不像样子，疯狂的火焰又在危及旁边堆放的梁柱料堆和门窗料堆时，大家就改变了主意。烈火面前当机立断，人们纷纷丢下手中盆桶，发一声喊，一个个扛起梁柱就跑。头发烧焦了，眉毛胡子燎没了，衣服破一块焦一块，但梁柱门窗都保住了。真是人多力量大，一转眼的工夫，大多数木料都从火口被及时抢了出来。

事后人们在灰烬中看到，那个放火人竟自成了一段焦炭。

这样一来，这起建造藏画阁的事又遇到困难了。花了那么多工匠功夫雕刻的雕花板没了，短时期里赵家父子再也无力重复承担这笔不菲的开支啦。如果现在造不成，堆在外面的那么多木料会日久风化，而且这造屋的工匠已经请来，这可怎么办？无可奈何束手无策之际，赵家父子不免相对落泪。

这时，月月将赵平叫到一旁。"平公子（她还那样称呼他），我知道造这阁楼对你来说很重要，但我们现在是山穷水尽了，我们得想个变通的办法。"

"如何个变通法？"

"先把它造起来。"

"啊？没了那么多好不容易雕刻成的雕花板，

赵家阁传奇

还怎么造?"赵平觉得有点不可思议。

"我觉得,这楼阁就如一个大姑娘。若按富家小姐打扮,便要插簪啊饰花啊披金啊戴银啊;若就农家女儿装束,则可简单许多。"

"你是说,我们的藏画阁不用雕花板啦?"

"暂时的,就如农家姑娘一样朴实。等嫁了郎君,家境好了,再慢慢打扮起来。"

"噢,主意倒是个好主意,但许多雕花木料不仅仅是装饰,它还是梁架的一部分,起着承重、牵制等作用哪。"

"能不能先用普通木料作内筋架上去,以后再把雕花覆盖上去?"

"嗨,月月,你竟然比我这专事房屋设计的还能设计呀,这办法不妨一试。"

赵平欣喜地将这个办法与父亲及工匠们一说,大家认为办或可办,但问题还有,用作内筋的木料也要很多,一时很难置全。这时,知道情况的村民们发话了,有说家有余木的,有说拆了一堂板壁暂时闲着没用的,七拼八凑竟凑了个八九不离十。于是,工程如期进行。

经过种种波折，藏画阁终于造起来了。这栋不大不小的阁宇，因其设计得当，虽然是缺了许多的雕花点缀，却也是显得大气庄重。

藏画阁完工之日，也是赵平和朱月月准备成婚之时。阁上藏画，下层住人，新房就设在后埭东厢。办喜事那天，赵左画坛师友请得不多，却把朱家湾的所有乡亲都请进了藏画阁。阁上正厅内，大宋历代帝王像和徽宗皇帝御笔的《鹰峙》图——挂了起来，两厢还有许多赵左自己和友人的作品，一齐供大家欣赏。阁下，十多桌喜酒恭请入席，大家推杯换盏，开怀畅饮。这时候这座赵家的藏画阁内，可说是夫妻情、家庭情、亲友情、邻里情，满阁情深。

几年以后，赵平精心绘制后请雕刻匠刻成的许多花板都敷了上去，使此阁朴实中更显精致。尽管赵家父子从来没说过阁名，但周围四乡八里的人都称此阁为赵家阁。

赵左晚年因故移居浙东，而这里后来经赵家数代繁衍分户，渐成一宅，阁亦渐废，赵家阁便被叫成了赵家角。遗憾的是，300多年后的一场浩劫，将赵家后裔保存的大宋历代帝王像和徽宗皇帝御笔的《鹰峙》图及6本家谱等书画资料尽毁于一旦。

弄影人传奇

1. 又见皮影戏

皮影戏这一门舞台艺术，溯起源来可说已是非常非常古老了。

据史书记载，皮影戏始于西汉，兴于唐朝，盛于清代，曾在元代时期传至西亚和欧洲，可谓历史悠久，源远流长。从有文字记载算起，迄今已经有两千多年的历史了。2011年，中国皮影戏入选联合国人类非物质文化遗产代表作名录。

两千年前，汉武帝爱妃李夫人染疾故世，武帝思念心切神情恍惚，终日不理朝政。大臣李少翁十分焦急。一日出门，路遇孩童手拿布娃娃玩耍，影子倒映于地栩栩如生。李少翁心中一动，便用棉帛裁成李夫人影像，涂上色彩，并在身、手、脚处系上细木杆调动，很是灵活。入夜围方帷，张灯烛弄影，恭请皇帝端坐帐中观看。武帝看罢龙颜大悦，就此重振朝纲。这个载入《汉书》的爱情故事，被公认为是皮影戏最早的渊源。

记得新九亭成立之初，在"文革"中受到覆灭性破坏的皮影戏起死回生，在大草棚里演出，久别重逢的老观众和好奇的新观众津津有味地观看。舞台上，影戏班正在作精彩演示。特别逗人的是剧中两个逃兵的对白：

（以下一段是剧本文本，"上"即是弄影人的上手，"下"即是弄影人的下手。）

上　逃呀！逃呀！

下　跑呀！跑呀！

上　号子吹来！号子吹来！

下　哇嘀啦嗒！哇嘀啦嗒！

上　贼料败仗吃来，还啦"叫化子出灯"。

下　叫啥？

上　穷欢。

下　是呀，话来话去，伲个将军的本领呒没，摆啦侬"两个生鸡蛋相打"。

上　叫啥？

弄影人传奇

下　勿经啥碰①（不堪一击）。

上　吃粮吃粮（旧时当兵的称"吃粮"），独怕吃僵。

下　战鼓一响，譬如爷娘勿养。

上　吃着一刀，百样勿想。

下　吃着半枪，勿痛勿痒。

上　贼娘贼，要嘛一枪，哪里有半枪？

下　嗨嗨，叫侬一声阿姜，懂嘛勿懂，对我瞎张（争）。

上　勿来瞎争，侬讲讲看，啥叫半枪？

下　半枪嘛喏——衣裳嘛戳碎咯，肉里勿成戳进，皮上白肤印嘛有咯，叫勿痛勿痒。

上　吃之败仗还要说死话。真是"棺材里弄笔头"。

下　叫啥？

上　叫"死翷（绕）"。

下　啊呀，啦追来哉。逃呀！

----

① 那个"侬""呒没"，如北方的"俺""没得"一样，这种方言早已在革命歌曲里广为传唱；"僵"就是字的本义，就不解释了。

上　当兵当兵，无啥开心。

下　打仗打仗，总有输赢。

上　胜胜败败，有输有赢。

下　伲咯将军，只输勿赢。

上　练啦武艺，门槛勿精。

下　只会骂人，不会杀人。

上　南追南逃。

下　北追北逃。

上　不追不逃，一追就逃。

下　追追逃逃，越追越逃。

上　为啥瞎逃，独怕搭牢（捉牢）。

下　搭牢勿怕，独怕吃刀。

上　吃刀勿怕，独怕搭牢。

下　喂喂喂！贼娘贼，吃之刀别样一样勿好吃啦哉。

上　做啥勿好吃？只管吃啦侬！

下　"六斤四两"（头）搬场啦哉哪能还可吃？

上　"六斤四两"搬到之啥地方啦？

下　搬到之"娘舅"啦堂，叫伊"望外婆"去哉。

上　咯末（那么）顶好哉，伲外婆顶顶看得起我，样样点啥叫我"吃嗒吃嗒"。

下　贼娘贼，"望外婆"三个字就是"死脱"咯意思，侬死脱之还吃啥？

上　喔唷，侬个促克鬼！死脱嘛死脱，还用切口喽。

下　嗨，迪能（这样）一看，侬是"铁搭防夜"。

上　叫啥？

下　叫笨（坌）贼。

上　弄嘴嚼舌，还不赶快逃命！

下　快快逃生而喽去！

风趣幽默的幕后台词，逗得一大批老少观众爆发出阵阵笑声。

九亭地方老代里是松江皮影戏的发祥地，创始人毛耕渔倾力开创了这一古老的皮影戏事业。当时文化生活贫乏，视觉听觉冲击力都比较强的皮影戏，深受城乡广大观众的喜爱，可说是盛极一时。此后门徒班子发展如雨后春笋，传到新中国成立，已经是第六、第七代了。

要说这松江皮影戏的创始人毛耕渔，也真有

一番传奇故事要从头讲起。

2. 隔河有知音

在古九里亭到七宝古镇之间，南北向有一条弯弯曲曲的河，名叫小涞江。这小涞江说大不大，力气大点的挥手就能把一块砖头丢过河去。但这河很深，几乎三天两头有溺水身亡的人。

小涞江东有个村庄叫毛家厍，毛家厍有一户小康农家，主人叫毛忠富。这个毛忠富忠厚勤俭，就靠着祖传的二十多亩菜地粮田过活，农忙时节辛勤种地，农闲时光捕鱼捉蟹，把个小家打理得日渐殷实起来。毛忠富有两个儿子，大儿子毛耕耘，小儿子毛耕渔，都是很实在的小伙子。毛忠富本想让大儿子学文，让小儿子学武，好让世代农耕的家庭有所提升。可是大儿子毛耕耘学文会头痛，学武会关节痛，只得一门心思继承父业，在田里河里摸爬滚打，日子一长倒也得心应手起来。而小儿子毛耕渔（清道光末年生）则是完全不一样的性格，名叫耕渔却不喜欢耕渔，就爱"子曰诗云"，更喜舞枪弄棒。为此，毛忠富索性让大儿子专事耕种，让小儿子又是进私塾读书，又是拜武师学艺。十年一过，这毛耕渔倒是学得很多，逐渐有了点文武双全的样子。

毛耕渔练武学艺非常勤奋，后来干脆放弃了学文，一心扑在了习武上。他打沙袋、蹲马步、跑铁靴、站高桩，苦练基本功；刀、枪、棍、锤十八般兵器他一样一样学，硬弓拉得手掌红。他后来有意想获取功名，还买了匹马，练习骑射等马上功夫。他天天要从黎明练到黄昏，有时甚至到深夜，风雨无阻，苦练不竭。

有一天清晨，毛耕渔正在小涞江边的一块空地上打拳。这是一个河湾，原本南北走向的河道在这里拐了一个弯，成为东南往西北的走向了。可能这河湾里地势较低，土地无人耕种，便成了杂草丛生的荒地。毛耕渔稍作整理，便成了很好的一块野外习武场地。毛耕渔正练得起劲，忽听江对面传来一阵优美的歌声。那歌儿唱道：

闹花灯时立春开，梅占花魁雨水前。

一声响雷报惊蛰，春分蝴蝶梦花间。

清明放断风筝线，谷雨新芽翡翠串。

起莳立夏樱桃美，玉簪小满满院鲜。

芒种麦黄农家乐，夏至插秧水灌田。

小暑罗衫不遮体，大暑望湖看红莲。

立秋朝阳葵花放，金风处暑好游园。

拜月焚香沾白露，折桂蟾宫秋分现。

寒露萧瑟秋叶落，霜降东篱秋菊妍。

立冬喜报三元瑞，飘飘洒洒小雪天。

衣锦荣归交大雪，起九冬至望江南。

小寒举酒亲朋醉，大寒岁底庆团圆。

风调雨顺家家乐，国泰民安万万年。

这是当地的一首民歌，名叫《二十四节气歌》。这首歌毛耕渔从小就听姑姑奶奶们唱过，很是熟悉。只是今天这唱歌人嗓子特别清灵，使人听着心旷神怡。毛耕渔一度被歌声吸引得放慢了拳脚节奏。好像是如今在舞台上表演的一个节目，一边在唱歌，一边在舞蹈。

弄影人传奇

一曲歌罢，毛耕渔也把一套拳打完了。歌声使这位习武青年产生了无限遐思。他想，这歌声这么清纯动听，唱歌人一定是一位清纯脱俗的美女子。这样一想，他更急于要一睹芳容了。于是，他不由得放眼朝对河望去，而对河岸边却是一丛芦苇、三株垂柳。微风动处，苇隙间似见有绿衣倩影一晃而过，更给这位习武青年增添了不少想象空间。

就从这一天起，毛耕渔每天早上不由自主地都要到这块小涞江边的空地上来挥拳踢腿，舞刀弄枪。可是，就此一连十数天，对河没了动静。他一次次心情惆怅地往对河看，对河还是那一丛芦苇、三株垂柳。于是他关注起了离这一丛芦苇、三株垂柳不远处的一个小小村庄，那竹林茅舍的村子正好被芦苇杨柳遮挡，这让他非常失落。他约略知道，对河不远处有个金家宅，还有一个王家堂。因隔江无事老死不往来，这竹林茅舍到底属什么村宅，他一无所知。不过他还是坚持，坚持每天早上都要到这块空地上来习练。

终于有一天，对河又响起了天籁般的歌声：

第一只台子四角方，岳飞枪挑小梁王，
武松手托千斤石，太公八十遇文王。

第二只台子凑成双，辕门斩子杨六郎，
诸葛亮要把东风借，三气周瑜芦花荡。

第三只台子桃花红，百万军中赵子龙，
文武全才关夫子，连环巧计是庞统。

第四只台子四方平，四平山秦琼扬威名，
三锤击走斐元庆，锤风带倒老杨林。

第五只台子是端阳，莺莺小姐去烧香，
红娘月下偷棋子，勾引张生跳粉墙。

第六只台子荷叶青，吕蒙正落难破窑蹲，
朱买臣山上樵柴卖，方卿跌雪唱道情。

第七只台子是七巧，蔡状元起造洛阳桥，
观音、龙女来作法，四海龙王早来潮。

第八只台子八面光，鸿门舞剑是项庄，
萧何月下追韩信，虞姬挥泪别霸王。

第九只台子只只好，薛仁贵月下叹功劳，
判断阴阳包文拯，张飞喝断当阳桥。

第十只台子唱完成，唐僧西天去取经，
孙悟空保驾前头走，山头遇着怪妖精。

这首民歌叫《十只台子》，毛耕渔也是听过的。别人唱来，只是稍慰无聊的小调而已；而对河那位佳人唱来，却会使人有如入仙境之感。

歌罢无声，毛耕渔不由得朝对河大声呼叫："喂！你唱得真好，再唱一曲好吗？"

对河苇影摇曳，似乎什么人也没有。好一会儿，毛耕渔还是愣在那里，"咦，人呢？"

3. 此歌非彼歌

这是初秋的一个早晨，大风刮得小涞江呜呜作响，有时还啪啪地下起一阵大粒子雨，砸在脸上生痛。小涞江的水位上涨了，水面阔了，水流也比平常急了许多。这种天气，毛耕渔还坚持到河湾空地练武，他认为环境越艰苦，越能练出真本领。正当他踏着泥泞一套枪法刚刚练完，只听哗啦啦一声响，一股邪风卷过来偌大一样东西，最后落入了小涞江中。那是一张篾席，一张做工精细的簇新篾席。

　　一会儿，对河匆匆赶来一位绿衣女子，手拿一根晾衣竹竿，滑下河滩捞那张篾席。这绿衣女子大脚（没有当时大多数女人缠成的三寸金莲），很健壮，能干重活的样子。篾席在河中央，在阵风和水流中快速移动，变得非常沉重。那绿衣女子一下河滩就吃力地用晾衣竹竿捞那张篾席，正在将近捞到之时，呼啸着一阵风过来，竟将那篾席和女子连同那根竹竿一起卷入了河中央。

　　"不好！"毛耕渔见此情景，甩手丢下枪，往河边跑去。这时那河中风助水流，水仗风威，顷刻将绿衣女子没顶。毛耕渔自己水性也不怎么好，在这样的江中也只能自保。但这时救人要紧，也顾不得风险了。他迅速扑入河中，先抓住那张篾席往岸边一拉，就看到有竹竿在动，他随即抢上前去抓住竹竿，就这么一拉，女子得救了。

　　还好时间短，绿衣女子只是呛了半肚子水，哗啦啦一吐就没大事了。毛耕渔将那张篾席卷起，领着落汤鸡似的绿衣女子到了家。

　　毛家接着就忙开了，毛耕渔的母亲好心肠，见绿衣女子这副样子，忙颠颠带她进房洗浴更衣，还为她烧了一碗姜糖汤。一会儿，一个健壮朴实的年轻女子出现在毛耕渔面前。女子深施一礼："多谢大哥相救。"

　　"举手之劳，无足挂齿。呃，敢问姐姐，你会不会唱歌？"

　　"唱歌？不怕大哥你见笑，我从小就喜欢唱歌。"

　　"噢，那你现在，能不能唱上一曲？"

　　"大哥你叫我唱，不要说一曲，十曲也行。"

　　"好，那我洗耳恭听。"

　　于是，女子就放开嗓子唱了起来：

　　长远不唱乱说歌，风吹石臼过黄浦。

　　黄浦当中高杨树，高杨树上做个鲤鱼窝。

　　鲤鱼窝里生出一对凤凰蛋，

　　凤凰蛋里孵出一对白天鹅。

　　大的天鹅二两半，小的天鹅九斤多。

　　略带沙哑的女中音，诙谐的曲调，听起来倒也有趣。可毛耕渔却连连摇头："不是的，不是的。"

"噢，不是的？"那女子深感歉疚，"那我再给你另唱一曲。"随即又放声唱道：

苍蝇得病十分重，萤火虫点灯请郎中。

蚊子先生忙针灸，蠓喷子飞来当药童。

蝼蛄钻洞取仙丹，金火虫煎药用火攻。

蚱蜢探望苍蝇死，蜻蜓哭得眼睛红。

胡知了报丧喉咙响，大队蚂蚁来送终。

这两首民歌是村民田头场角唱着消遣的，前一首是《乱说歌》，后一首是《苍蝇死》。毛耕渔听了哭笑不得，但又不能明说。问她是谁家之女，她说是对河竹园头金家的媳妇。正想再问她对河唱歌最好的是哪一个，父亲来了。

毛忠富说，他把船借来了，可以马上送女子过江。毛耕渔则要自己和妈妈两人送女子过河。天气一阵风一阵雨的，毛耕渔戴起了斗笠，穿起了蓑衣，母亲则与女子合撑了一把油布伞。

有了船，过江很是方便，一会儿就到了。那女子正是离江不远的那处竹林茅舍人家的媳妇，那家虽不属金家宅，但也姓金，现在一家人正在冒雨找她。因为她突然失踪，全家人都急死了，一发现三人就纷纷跑了过来。雨中相会，毛家母子把媳妇安送回来，连那张簟席也完璧归赵，使他们深受感动。他们一边将人和席接着，一边一个个施礼道谢。

忽然，毛耕渔眼睛一亮，那是一个粉衫女子，湿漉漉的薄衣贴裹着她那窈窕的胴体，简直是动人心魄。被救女子说这位是她的姑娘（小姑子）。

双方互通姓名称呼后，金家人十分热情地请毛家母子进他们屋去做客，毛耕渔看一眼粉衫女子，正待答应，却被母亲抢先给谢绝了，无奈告辞。刚走出三步路，只听背后粉衫女子说："我送送伯母。"便拿着嫂嫂换下的衣服赶了上来。

一股芬芳，一股沁人肺腑的芬芳，使得毛耕渔几乎不能自已。几阵心跳，几度迟疑，未及答话，已临江边。毛耕渔突然转身一把抓住了她的手："你就是……会唱山歌的?"

粉衫女子身子微微一颤，含羞带笑："我……不会唱的。"说着，把手缓缓地抽了开去。

"噢……"毛耕渔有点手足无措。他把母亲

扶上船，正要拨篙离去。

"哎……"粉衫女子又开口了，"我知道有人会唱歌，你若真想听，我可以约她来唱。"

"啊，那，怎么约？"

"三天后的早晨，你摇只小船来。"说罢，粉衫女子飘然而去。

4. 小涞江姻缘

风雨过后是晴天。大风雨后的小涞江两岸虽然有些枝断树歪，但苍翠欲滴，映出一江绿波。

毛耕渔摇着一只借来的小船来到了小涞江，悄然停靠在那一丛芦苇、三株垂柳旁。船刚停稳，芦苇丛旁绿影一晃，眼前就出现了那位小姑子，不过粉衣换成了绿裳。她叫声"毛家哥哥"，就迈开金莲下船。船小易晃，毛耕渔连忙伸手搀扶，那股芬芳又笼罩得他有点晕头转向。

　　小小船舱里放了两把竹椅。她下得舱来，在竹椅上坐定。"摇着走吧。"

　　"金家妹妹，那位唱歌的，到什么地方接她？"

　　"她已经来了。"

　　"在哪里？"

　　"远在天边，近在眼前。"

　　"噢，原来就是你。"他欣喜异常，立即起劲地摇动小船。

　　"你……慢一点嘛。"

　　"怎么，你晕船？"

　　"不是，我……怕你太吃力。"

　　"没事。"他摇得更快了。

　　"哎哎……"

　　"怎么啦？"

　　"傻瓜。"

　　他慢了下来。

　　"你……不是要听歌吗？"

　　"对对对，我就是喜欢听你的歌。"

　　小船在清波中滑行，歌声轻轻响起，仿佛也从清波里来，荡漾在听者心田。

哎——

妹妹屋后有条河，对河住着妹的哥。

隔河隔水情难隔，提水淘米望哥哥。

毛耕渔知道，她唱的这首民歌叫《隔河情》，其用意不言自明，心头不禁涌起一股暖流。他也不由得唱了起来：

哎——

东边落雨西边晴，清水塘里长红菱。

有心帮妹红菱采，只怕塘边有闲人。

这首民歌叫《采菱情》，难得唱歌的毛耕渔那浑厚的男中音磁性十足，女孩子听了更觉迷人。那两位随即一起唱起了《蒲汇塘情歌》：

哥有心，妹有心，不怕岸长河长远路程。

岸长叫顶快轿抬，河长喊只快船乘。

几段山歌唱下来，两个年轻人已是情不自禁。毛耕渔索性把橹放下跳进了舱里，任小舟随水漂流，只管两心相倾互吐衷肠。

这金家妹妹也很大方，她说她隔河看他练功很是英俊潇洒，就有意唱歌给他听。问她大名，她说她名叫金莺，黄莺的莺。

"知道了，就是《西厢记》戏中崔莺莺的莺。"

"人家是相府千金，不敢借光。"

"你比崔莺莺还厉害。崔莺莺不会唱歌，只好让红娘传书。"

"你……好坏。"

就这样，两个年轻人在这碧波江上私订了终身。毛耕渔还表示，他先要去求取功名，然后再用八抬大轿将她娶回家。

5. 中的不中举

那一年逢朝廷的武举乡试，毛家觉得耕渔已经有考武举的能力了，全家都支持他赴京一试。

武举制度是中国唯一的女皇帝武则天执政时期开始的。武举主要选拔将才，与文举比较，其重要性不及文举，武举出身的地位也不及文举。

历史上的武举考试由兵部主持，科目有马射、步射、平射、马枪、负重、摔跤等。宋代规定武举不能只有武力，还要考问军事策略，比如孙吴（孙子、吴起）兵法等。清代的情况就大不相同了。尽管从制度上看还基本沿袭历朝的考试程序，办法等也没有多少变化，但由于清朝统治者出身于游牧民族，善于骑射，因此对武举的重视程度大大超过前朝。清代武官虽然仍以行伍出身为"正途"，由武举出身的次之，但武举出身者数量不断增大，在军中占有相当比例。由于封建国家大力提倡，制度日益严密，录取相对公正，因此，民间习武之风兴盛一时。虽然清代武举为国家提供了大批人才，其中也产生了不少杰出人物，但只设武举而无武学，可以说是近代中国军事落后的根本原由。武举各级考试，通常每三年举行一次，每科录取人数也有定额。考试分一、二、三场进行。一、二场试弓马技勇，称为"外场"；三场试策论武经，称作"内场"。一场试马上箭法，驰马三趟，发箭九枝，三箭中靶为合格，达不到三箭者不准参加二场。乾隆以后，一场又增加了马射"地球"，俗称"拾帽子"，专为考察伏射能力。二场考步射、技勇。步射九发三中为合格。所谓"技勇"，实际上主要测臂力，一共三项。头项拉硬弓，弓分十二力、十力、八力三号，另备有十二力以上的出号弓。应试者弓号自选，限拉三次，每次以拉满为准。二项舞大刀，刀分一百二十斤、一百斤、八十斤三号，试刀者应先成左右闯刀过顶、前后胸舞花等动作。刀号自选，一次完成为准。第三项是拿石矶子，即专为考试而备的石块，长方型，两边各有可以用手指头抠住的地方，但并不深。也分为三号，头号三百斤，二号二百五十斤，三号二百斤。考场还备有三百斤以上的出号石矶。应试者石号自选，要求将石矶提至胸腹之间，再借助腹力将石矶底部左右各翻露一次，叫做"献印"，一次完成为合格。凡应试者，弓、刀、石三项必有两项为头号和二号成绩，三号成绩超过两项者为不合格，取消三场考试资格。三场是考文，当时叫"程文"，也称"内场"，相当于文化课考试。内场考试对大多数武人来说，比外场考试更难应付，所以考试办法不得不屡有变动。最初是考策、论文章，这"策"相当于问答题，"论"是按试题写一篇议论文。顺治时定为策二篇、论二篇，题目选自四书和兵书。康熙年间改为策一篇、论二篇。策题出自《孙子》《吴子》《司马法》三部兵书，论题只从《论语》《孟子》中出，考试难度有所降低。乾隆时，又改为策一题，论一题，题目都选自《武经七书》。到嘉庆年间，考虑到武人多不能文，所考策、论多不合格，而不少外场成绩突出者又往往败于内场，于是干脆废除策、论，改为按要求默写《武经七书》中一段，通常只一百字左右。这样一味迁就，使内场考试的水平越来越低，最后差不多只是形式上的存在了。

按照当时情况，毛耕渔考武举是有优势的。他的骑、步射，他的弓、刀、石三项如果能发挥正常都能过关，待到第三场则是他的强项。不要说默写《武经七书》中一段，就是考策、论也是手到擒来。所以，毛耕渔对这次考举是信心满满。

那是在同治年间，清廷的腐败已经侵蚀到了考场，老百姓都知道"无贿莫进科举门"，而且行情一届届看涨。毛家也考虑到了这一层，虽然这份负担对一个农耕之家来说是十分沉重的，但毛家不愿放弃。按照前三年的行情再加上一点算来，毛家得卖掉十八亩农田。毛家还算是小康之家，但一共也只有二十多亩地，卖掉十八亩，就等于要拿出去三分之二的地产。但为了耕渔的仕途，毛家人豁出去了。

很快就到了赴试之期，毛耕渔带着十八亩农田换来的银两，带着全家人的希望进京赶考。一起赴京的还有近乡龙归庵（今九亭朱龙）的徐璞山和金山的陶永春，三人结伴同行，成了互相帮助的好友。到京以后，他们一切都按照人家的套路行事，走门子拜帖子，顺顺当当地报上了名。

考试的阵势很大。校场上，一排溜考官登上点将台（临时作考台），考生分片等候在考台左右，一时间，宣规声、点号声此伏彼起。稍顷肃静，正式开考。一场试马上箭法，驰马三趟，发箭九枝，三箭中靶为合格。考台前空旷的校场上划出数行驰道，前边等距离设置箭靶，一批批让考生进场骑射，秩序井然。

叫到号的考生，一个个背箭执弓上马驱驰。马蹄哒哒扬起土尘，弓弦响处，飞出一支支雕翎箭。中的的，靶上铮然有声，但许多都射在靶边上，更多的却是飞到靶外去了。有驰马三趟九射一箭也不中的，有中一箭的，也有中两箭的，都只能是垂头丧气而去。唯有中了三箭的，脸上一片阳光灿烂，那几位，都有资格进入二场考试了。

轮到毛耕渔上场了。他健步上前稍作试弓，就纵马冲向校场。毛耕渔身在马上，心在箭上，心箭合一，从容放矢。一箭，伏案张弓，射中靶心；二箭，挺身劲射，箭穿靶心；三箭，仰身巧发，箭又中的。场上有人不禁响起了惊呼声。

毛耕渔只消驰马一趟，便已三发三中，就不需要二趟三趟地射下去了，喜滋滋下马，躬身而退。

谁知主考官发话了："此考生姿势不合考规，取消进入二场考试的资格。"

毛耕渔愣住了："啊？这考规可没规定骑射的姿势呀？"

"没有，你就不能问呀？"

弄影人传奇

"噢噢，那，我现在就问。请问考生骑射该用哪个姿势？"

"你……你竟敢悖慢主考，扰乱考场，快快轰了出去！"

于是，毛耕渔被武士逐出考场。毛耕渔后来才知道，今次打点考官的贿金行情已翻倍，这十八亩地根本填不满那些黑洞。他的两个同行挚友，一个也没能例外。

6. 发疯的爱情

毛耕渔怏然回到家中，家里因卖掉了大半赖以生活的农田，一家人只能喝粥过日子了。

那天吃晚饭，毛耕渔闷在房中，母亲数次敲门叫他，直到掌灯时分他才出来。全家人都等不及了，已经在捧着碗喝粥，屋里一片呼噜噜的喝粥声。见毛耕渔出来了，哥哥毛耕耘连忙招呼他坐下，母亲忙颠颠从厨房端出一大碗白米饭来，放到他面前。

毛耕渔受到很大震动。他环视着一家老小手中的粥碗，再看看自己面前的白米饭，不禁潸然泪下："都怪我，都怪我啊！"

哥哥连忙劝慰："不怪你，弟弟，要怪就怪这个世道不公。"

"是啊是啊，都是这世道害的。"屋里一片劝慰声。

毛耕渔更觉心里不是滋味。一家人喝粥还让他吃饭，他怎么能咽得下？严酷的现实深深地刺激了他的情绪，他大吼一声冲出门去，害得一家人好半夜才将他弄回来。从此，他要么闷声不响，要么大声吼叫，举止似癫如狂。

过了几天，毛耕渔心情平和了些，便想到七宝镇上走走。天上阴云密布，心头阴雨连绵。他毫无目的信马由缰地走在镇街上，感觉总是遇到异样的目光。走过汇水茶馆，只听见茶室里一片骚动，"喔，毛痴子！""毛痴子来了！""毛痴子走过来了！"

这是针刺，这是刀割，不，这是雷击！落第之人毛耕渔被彻底击垮了。

那天黄昏，浮云中残月依稀。光着膀子的毛耕渔在小涞江边踟蹰很久，最后他在腿上绑了好几块砖头，蹒跚走向河滩。

忽然，黑暗中响起幽幽的歌声，那是一首《劝君歌》：

花开花谢又一载，人生人死在眼前。

寿长寿短皆是命，家贫家富各由天。

百岁一老随云过，劝君莫把名利牵。

不信且看今与古，富贵荣华得几年？

歌声如泣如诉，使听者心头产生了强烈的震撼。"啊，是金莺！"

金莺连跌带爬跑了过来，一把抱住了他："你怎么这么傻？怎么这么傻呀！"

"我是傻，我已经疯了，我是毛痴子，我是毛痴子啊！"

"可你还是，还是金莺的毛哥哥呀！"她替他解去了脚上的绑砖，"我已经连续好几个晚上守着你了你知道吗？"

耕渔内疚万分："你也傻呀？我答应过你有了功名娶你，可我现在……"

"可我没有说过一定要你有了功名才能娶我呀。"

"我现在已经成了众人眼里的'毛痴子'了，我已经疯了呀！"

"不，你没疯，如果你这算是疯了，那我就陪你一起疯。"

"你，只是怕我想不开，来宽慰我。"

"不，我是真心的。"她哗啦啦除去身上衣衫，将他紧紧抱住，"我现在就是你的人！"

7. 此艺我当学

爱情是一帖良药，"毛痴子"不痴了。他求父亲请了个媒婆，到对河金家求亲，金家已耳闻毛耕渔被逐考而变痴，虽然有救命之恩但也意欲回绝。这时候金莺挺身而出，说是毛家哥哥根本没有疯。她父母还在犹豫之际，这姑娘便使出了杀手锏。她把母亲拖进房间，说是自己已珠胎暗结，就是毛哥哥的。

毛耕渔与金莺结婚了。八个月后，还真生出了一个大胖小子。

毛痴子虽然从此无意功名，还有些放荡不羁，但两位同考生员并没有因此看不起他，反而时常来接济他。一日，金山陶永春邀他去共度中秋佳节，他欣然而往。时正巧有浙东海宁皮影戏班在金山演出，毛耕渔观之啧啧称奇。

浙东海宁皮影戏始发于钱塘江北岸（现在的浙江省海宁市境内），是具有南宋风格的古典剧种。海宁皮影戏自南宋传入后，即与当地的"海塘盐工曲"和"海宁小调"相融合，并吸收了"弋阳腔"等古典声腔，改北曲为南腔，形成以"弋阳腔""海盐腔"两大声腔为基调的古风音乐。其曲调高亢激昂却婉转优雅，配以笛子、唢呐、二胡等江南丝竹，节奏明快悠扬，极富水乡韵味。唱词和道白则改成了海宁方言，深受当地民众喜爱，后来成为民间婚嫁、寿庆、祈神等场合的常演节目。再则，海宁盛产蚕丝，民间有祈求蚕神的风俗，皮影戏也因常演"蚕花戏"而又被称作"蚕花班"。

那几天海宁皮影戏班正在金山演出《岳传》中《牛头山》一仗，宋将高宠把番将挑落马下，番兵逃回报信：

平章　出口逃兵闭口逃兵？

逃兵　喏喏喏！

平章　哪里来的逃兵，讲得明明白白，饶你们不死。

逃兵　喏喏喏！

平章　若然颠东话西，胡言乱语，推出去杀！

逃兵　呀！且慢开刀，是个逃兵，在平章跟前禀明来了。

（起片唱基本调·引子）小军们等，败仗到此来说哎——啊明。

（唱上赋）我等奉令随将把守将山围困，

（唱下赋）谁知道山下一将来冲啊营。

忽听有人冲山，我等摇旗呐喊，只见山下

弄影人传奇

冲来一员大将，身骑高头大马，冲到阵前——

（入调）马站啊定。

（唱上赋）只见那个敌将威风非凡比，

（唱下赋）一定是名将临阵来交兵。

双方碰面，通过名姓。敌将名叫高宠，果然是中原一员大将，天下有名。两人先斗口来后斗手，一场交兵杀战——

（入调）定输啊赢。

（唱上赋）两将阵前来征战，

（唱下赋）四条膀臂各千斤。

只见敌将手托长枪，武艺高强。上一枪、下一枪、左一枪、右一枪、前一枪、后一枪，八八六十四枪，都是夹叶梅花枪，外加还有百鸟朝凤枪。枪枪好比梅花落，只见枪花——

（入调）不见啊人。

（唱上赋）敌将不肯来放松，

（唱下赋）只听得大喝一声如雷鸣。

喔唷唷，勿好哉！敌将拿出看家本领，杀

个措手不及。我将不慎，被他一枪刺进前
胸，落马翻身——

（入调）命归啊阴。

平章　（惊倒在椅）啊?!

逃兵　（唱"哭调·引子"）平章哪！

　　　（唱上赋）我将战死真伤心。

伴哼　嗯咿嗯……

逃兵　（唱下赋）小军们等放声痛哭，

　　　哭哭啼啼哭不停。

伴哼　嗯……

逃兵　（唱收句）哭禀平章诉全啊情。

　　　……

　　悠扬的唱腔，诙谐的台词，毛耕渔被深深地
吸引住了。于是就日场、夜场一场不落地看，越
看越有滋味，越看越入迷。等到第三天唱完《八
锤大闹朱仙镇》，毛耕渔上台跪到了班主面前，要
求拜师学艺。

　　班主殷茂公初时见是不速之客，坚持不允。
后见他一片赤诚，又有金山好友陶永春作保，便
慨然收徒。

8. 师妹真可爱

这皮影戏看着很好玩，随手弄影，随口说唱，其实却是一连串的技术活。

做皮人和皮人道具要制皮、绘画、剪串等好几道工序；前台上下手两人，调皮人要手脚熟练，对每部书的故事、人物都要熟记，说唱必须声情并茂，关键是两人配合默契；后台四乐师，鼓板、锣鼓、笛子、胡琴、弹拨乐，一人多职，才能演奏出动人的气氛效果。

毛耕渔必须一样一样从头学起。殷茂公让他先学做皮人，教他的是个黄毛丫头，才十五岁，是殷茂公的独生女，叫殷一梅。别看这殷一梅年纪小，她的绘画技巧却是非常了得。主要难点是画人物，小姑娘可以根据昆腔脸谱画人物的头部造型，画来一个个栩栩如生。

毛耕渔算是懂得一点绘画技巧，跟私塾先生学过几天国画。可是，这皮影画是一种民间画，色块无深浅，线条很夸张。在制过的小牛皮上画造型还方便，上色却是麻烦事。彩色一上去它就吸进去了，再涂就色泽不均，很是难看。

　　"耕渔哥哥，你这样涂。"她给他手把着手，"先饱蘸淡色，迅速涂匀，再层层加深。"

　　"噢，让我试试。"

　　"哎，对对，就这样涂。耕渔哥哥你真聪明。"

　　"一梅你还夸我呐，我这么大个儿还在向你这小姑娘学艺。"

　　"哎，你这是在小看我。"

　　"没没。"

　　"真没?"

　　"真没。"

　　"那你叫我声师傅。"

　　"哈，我叫你师傅。那我对师傅怎么称呼?"

　　"嗨，你叫我爸呐，是师傅；叫我呐，是妹妹师傅。"

　　"好，妹妹师傅!"

"哎！哈哈哈……"

就这样，毛耕渔很快就学到了皮影的绘画制作整套技艺。接着就跟班主一项一项地学起了台上功夫。毛耕渔学艺十分刻苦认真，由于他有深厚的文学功底，又通音律，学来进展神速，深得老师器重。历经两年多勤奋历练，毛耕渔已经可以代替师傅唱上首，整本书整本书地演下去了。

他要辞别老师回家乡了，殷茂公赠与他整套的《赋札》（演艺要求和说唱范例）和好几部脚本（演出剧本），而小师妹则送了他《画本》（皮影的样稿）和制作好的整套皮影场面及许多皮影人物。

临行那天，已经十八岁大姑娘了的殷一梅为他做了好几个可口的菜，整班子人马为他把酒送行。大家既高兴又有点难分难舍。此时却不见了师妹一梅。毛耕渔就去画室寻找，只见小师妹在独自流泪。

"啊，师妹你……"

"没啥，我是……高兴。"

"那你怎么……"

"人要走了，总让人有点……"她忽然一把

抱住他，"哥，亲我一下。"

"不不，你知道，我是有妻室的人。"他挣脱开去。

"这有什么？我是你妹妹呀。"她又上来了。

"那好，妹妹，哥走了。"他在她额头蜻蜓点水吻了一下。

她却反过来在他脸上狠狠亲了两下，便哈哈笑着跑开了："耕渔哥哥，一路平安！"

毛耕渔带着师傅和师妹的深深情意，满心欢喜地回到了家乡。

9. 轰动解元厅

毛耕渔把皮影戏带回乡后，立即着手改进推广。他的可贵之处在于不墨守成规，善于吸收创新。他一回来就大胆起用一位唱高台山歌的"结篱人"赵少亭为助手，请丝竹名家——七宝镇铁店老板钱连奎、善吹笛子的砾碄庙怀周和尚和善于打击乐的姚家车陈道士一起加盟，组成了当时松江府治内第一个皮影戏班。

这件事情也得到了龙归庵好友徐璞山的全力支持。徐璞山因考中武秀才后没能考中武举，便改行医。"设伤科诊所于寓所。他善治骨折、脱臼，一时名驰松郡。"有关毛耕渔皮影戏班的事，他在经费上给予解囊相助，在人才上尽力推荐搭桥，在宣传上广为推介，使毛耕渔创班得心应手，很快排出了新戏。

毛耕渔的皮影戏在声腔音乐上也有所创新，这一方面得益于和尚、道士的宗教音乐，更重要的是得益于夫人金莺。金莺的民歌唱来婉转悠扬，结合皮影戏产生了非常好的听觉效果。

在文学上，毛耕渔也吸收了金莺的民歌。他在皮影戏里唱的《十二月唱名》，分明是金莺唱的《十二月花名》和《十只台子》的结合版：

正月梅花放清香，岳飞一马一条枪，
常记背上娘刺字，精忠报国战沙场。
二月杏花笑春风，二郎关前韩世忠，

梁红玉击鼓战金山，夫妻抗金真英雄。

三月桃花满树红，桃园结义三弟兄，

志同道合兴汉业，刘备、张飞与关公。

四月蔷薇花正盛，四平山上战鼓声，

李元霸击走裴元庆，锤风带倒老杨林。

五月石榴火样开，王子问道去求仙，

放下屠刀能成佛，丹人从此入九天。

六月荷花水上漂，八仙过海浪滔滔，

三山五岳群仙会，瑶池庆寿享蟠桃。

七月凤仙朵朵开，七夕银河喜鹊来，

牛郎织女得相会，天上人间几曾欢？

八月秋风深夜凉，庭前丹桂正飘香，

月里嫦娥出广寒，读书才子进考场。

九月菊花伊人瘦，鲁肃作吊赴荆州，

周瑜设计困刘备，赵云保驾黄鹤楼。

十月芙蓉应小春，十面埋伏是韩信，

霸王无奈别虞姬，江东父老泪沾襟。

十一月里水仙开，赵颜借寿在南山，

幸有管辂来点路，求得百寿才归来。

十二月里腊梅开，除夕家家合门欢，

爆竹一声送旧岁，鼓打三更迎新年。

他甚至还吸收了金莺嫂嫂唱的那种诙谐的民歌，使皮影戏中丑角的词曲更加鲜活传神。

那是光绪六年（1880），毛耕渔皮影戏班在龙归庵徐璞山及七宝各界的支持下，于七宝镇解元厅首演。

七宝镇解元厅是明代吕克孝所造。吕克孝，字公原，青浦七宝（今属闵行区）人。生于明嘉靖四十一年（1562）。父吕锦，曾官至金华府通判。万历二十五年（1597），吕克孝赴南京应天府参加乡试，在数千名江南学子的角逐中，一举夺魁，中了第一名举人（即解元）。说来也巧，与他同龄的徐光启也恰恰在这一年乡试中夺得北京顺天府解元。于是，"松郡两解元"名噪南北，成为一时佳话。毛耕渔为表示对这位先贤的崇敬，在吕克孝的故居首演时，先用皮影调中的小曲唱了这位先贤的遗作《松江田家月令诗》：

正月松江春水鲜，麦苗荞叶绿如烟，

孛娄笑把流花卜，喜得今年胜旧年。

二月松江燕子飞，蚕豆开花竹笋肥，

人人拍手拦街笑，正是前村散社归。

三月松江鸠雨晴，家家插柳是清明，
草深黄犊春来长，晓起扶犁试学耕。

四月松江梅雨多，新秧才莳便成科，
只愁舶趠东风急，尽向檐前结草蓑。

五月松江稻正长，日中耘稗汗如浆，
今朝一阵分龙雨，不用推车坐夜凉。

六月松江水没堤，黄豆青苗一截齐，
若到甲申晴到夜，今年米价贱如泥。

七月松江风渐凉，棉花雪白稻花香，
街头点火收官布，只说机梢要放长。

八月松江浪拍天，豆棚瓜蔓竹篱边，
儿童结网扳罾去，鱼蟹都来不用钱。

九月松江霜树残，草干潮落剩沙滩，
布衫灯下重重补，月照芦花夜更寒。

十月松江尽筑场，绕场稻积密于墙，
如何黄犬连村吠，里长催粮上县仓。

冬月松江长至前，家家打鼓谢茶筵，
了酬心愿无他事，不扰官司好晏眠。

腊月松江冰作堆，雪花一尺伴寒梅，

田蚕照罢围炉坐，儿女同酬守岁杯。

这次解元厅里的首场演出，演的就是《岳传》中的《围困牛头山》，从未见过的精彩原始影视艺术，倾倒了一厅观众。

当时的七宝镇，地跨上海、青浦、娄三县，因此这场成功的演出，一下子轰动了三县乡人，各地即纷纷前来邀请。毛氏皮影戏班从此辗转献艺于上海、青浦、娄、华亭各县乡镇，名传八方，推动了上海地区皮影戏班的兴盛发展。

10. 魂断庄家桥

从此，这个皮影戏班一边不断推出剧目（《封神榜》《西游记》《隋唐》等20多部连台本戏和一大批长篇选段、短篇），一边收徒壮大队伍，一时声名鹊起。他们冬天在松江岳庙西房常演，春、夏有时在上海演出，有时下乡村。特别是秋季，邀演者纷至沓来。娄县本地，华亭、金山、青浦、南汇、奉贤、川沙……所到之处，村村空巷，观者如潮。

光绪十八年（1892），青浦蔡鸿义赠匾"鸿绪堂"。自此，鸿绪堂皮影戏声名远扬。

毛耕渔从廿六岁开始把皮影戏带回家乡，此后便为之呕心沥血。在制作皮影和排练演出之余，重编《赋札》，修改剧本，改造唱腔……前后奋斗三十多年。

光绪三十三年（1907），当时江南有些地方发生了致命时疫，人多流动危险性会增加。但各地邀请鸿绪堂皮影戏班演出的热情不减，毛耕渔不忍拂了大家的兴，总是有求必应，演出排得满满当当。金莺非常担心，便跟着班子细心照顾。

那天是 6 月 29 日，毛耕渔好像积劳成疾的样子，感到浑身不对劲。金莺就紧张起来："我说，你还是回去让郎中先生看看。"

"今天是庄家桥（今九亭镇庄家村居委会）演出，璞山的朋友们都要来看戏，我不能临阵脱逃。"

"啊呀，这叫什么脱逃？身体要紧。"

"那我也得演过这一场再说。"

"唔……要不，就演这一场，明天马上去让医生诊治一下。"

"好的，我答应你。可你也得答应我一件事。"

"什么事？"

"你赶快回去，照顾好孩子和家人，叫他们千万不要出门。"

"那好吧，我先回去。"

其实毛耕渔此时意识到可能已身染时疫，就做出了让妻子即刻远离的决定。那晚他带病坚持演出，演的是《岳传》中的《朱仙镇》，八锤对双枪，打得非常热闹，场上不时响起掌声、喝彩声。

演皮影戏多半要演通宵。这上半夜的"八锤大闹朱仙镇"演下来，一般弄影人都会有精疲力竭之感。今夜毛耕渔更是倍加吃力，因为他是上手，影戏打斗时出力最多。

吃过半夜饭，戏继续演下去。当演到岳飞遭十二道金牌召进京时，只听毛耕渔"啊呀"一声，轰然倒在了台上。

众人大惊，忙七手八脚将他扶起，他只断断续续说出了几句话："我有……三个儿子。大儿子，是皮影戏，少亭要替我……照看好。"

　　话只到此，毛耕渔不幸猝死在戏台上。

　　开松江府皮影戏之宗的一代弄影大师走了，他为我们留下了一份宝贵的中华民族非物质文化遗产。

弄影人传奇